KB242934

「●●한책」005 광주한책

단편소설 한 편을 쓰기 가장 좋은 기간, 4주.
당신이 발견한 이야기 씨앗을 심고 가꿉니다.

「●●한책」은 기수별 새로운 주제로 H씨와 함께 짧은 소설을 쓰는 파종모종의 독립출판 프로젝트입니다. 작가가 생각하는 광주라는 도시에 대한 단편소설 5편이 수록되어 있습니다.

한 책 — 광주한책

김찬비 나나샌드 모래 오타 임빵쓰

사시, 나무

김찬비

아무리 짙은 어둠도 한 줌의 빛을 이길 수 없다는 걸
알고 있습니다. 불편한 진실과 온갖 오류가 가득한
시대 속 한 줌의 빛이 될 수 있는 글을 쓰는 사람이
되길 염원합니다.

*

"언니, 내가 언니보다 먼저 죽으면 어떨 것 같아?"

"너 그게 무슨 말이야. 이상한 말 하지 말고 얼른 자. 네가 죽긴 왜 죽어?"

짜증 난다는 듯 확 고개를 돌리는 은숙을 아랑곳하지 않고 은희는 계속 말을 이어 나갔다.

"언니, 거리에서 데모하는 사람들 있잖아. 그거 싸우려고 나가는 거 아니야. 지키려고 나가는 거야. 내가 살아가는 세상은 용감하게 불의에 맞서는 사람들이 바보가 되는 세상은 아니었으면 좋겠어."

은숙은 고개를 돌려 농생을 바라봤다. 은희이 눈동자엔 한 줌의 두려움조차 보이지 않았다. 마치 눈동자에서 열기가 느껴지는 듯했다. 그녀의 굳센 의지가 자신을 집어삼킬 것 같다고 느낀 은숙은 아예 등을 돌려 누워버렸다. 아무 대답 없는 은숙 뒤로 은희의 입술은 피웠다가 오므렸다가 또다시 피웠다가 오므렸다가.

5월 16일. 그래, 확실히 어제의 열기는 뜨거웠다. 민주주의에 대한 열망이 한곳에 모여 피어오른 그 횃불의 기세는 말할 수 없이 대단했다. 전남도청 앞 분수대를 둘러싼 사람들의 마음은 모두 하나였겠지. 은희는 그걸 말하고 싶은 거다. 그러나 자유와 평등, 민주화 시대, 그런 건 먹고사는 데에 아무 문제 없는 여유로운 사람들이나 관심 갖는 거라고 생각하는 은숙에겐 은희의 말이 귀에 들어올 리가 없었다. 퇴근하는 길에 우연히 본 학생들의 데모는 은숙에게 거슬리는 소음 그 이상도 이하도 아니었다.

"김은희, 너 괜히 분위기에 휩쓸려서 쓸데없이 데모할 생각 말고 공부나 열심히 해. 언니 생각도 좀 하고. 나 하루 종일 먼지 마시면서 일하는 거 몰라서 지금 불의니 데모니 그러는 거야?"

"언니한테까지 잔소리 듣고 싶지 않아. 나중에... 나중에 얘기하자."

답답함에 속에서 천불이 일어나는 것을 겨우 눌러가며 말하려니 은숙의 목소리는 단호했다. 은희는 당장이라도 터져 나올 것 같은 서운함에 서둘러 입술을 다물었다. 둘은 구태여 입술을 열지 않았고, 꾹 눈을 감았다.

은숙과 은희는 세상에서 가장 가깝고, 또 가장 위태로운 사이였다. 성격이고 가치관이고 하나도 비슷한 게 없던 둘은 서로만을 바라보고 사는데도 불구하고 대화를 길게 이어간 적 없었다. 대화하다 보면 말문이 턱 하고 막히는 탓이었다. 은희는 돌발적이고 이타적인 성격이었고, 그런 은희와 함께 평범하게 사는 걸 바라는 은숙은 종종 걱정과 불안이 느껴질 때가 있었다. 지금이 딱 그런 상태인 것이다. 은희가 조용히 공부에 집중하기는커녕 자꾸만 밖으로 나돌아다니는 것이 마음에 들지 않았던 은숙은 '이번 한 번만 내 말을 좀 들어라…' 하고 속으로 생각했다. 공장에서 고된 근무를 하고 있는 은숙은 속에 떠다니고 있는 말들을 입 밖으로 뱉을 힘이 없었다. 은숙에겐 먹고살 만한 힘이 전부였다. 그럼에도 은숙은 은희를 자신보다 사랑했다. 퇴근 후 녹초가 되어 집으로 돌아왔을 때 은희의 끼니를 먼저 챙겨줬고, 자신에게는 엄격히 돈을 쓰지 않았지만 은희에 관해서는 너그러이 지갑이 열렸다. 자신의 결핍들을 은희로 하여금 채우려 하는지도 몰랐다. 은희는 은숙처럼 살지 않아야 하기에 동생을 위해 기꺼이 희생을 자처했고, 은숙에게 사랑의 방식은 그런 것이었다.

다음 날, 18일 일요일이었다. 아침 일찍 책을 사러 나갔다 들어온 은희는 아무 말도 하지 않고, 점심밥을 먹는 둥 마는 둥 하더니 방으로 들어갔다. 텔레비전에서는 비상계엄이 전국으로 확대됐다는 뉴스가 흘러나오고 있었지만, 정치 변화에 관심이 없던 은숙은 묵묵히 설거지에 집중할 뿐이었다.

은숙은 설거지를 하며 은희와 나눴던 어제의 대화를 떠올렸다. 대체 뭐가 그렇게 서운해서 하루 종일 입을 꾹 닫고 있는 건지 이해가 되지 않았지만, 은희의 침묵은 곧 둘의 대화 단절을 의미했기에 토라진 마음을 서둘러 풀어줘야 했다. 오늘 저녁 메뉴는 은희가 좋아하는 설탕국수임이 분명했다. 설거지를 마치고 장을 보러 나갈 준비를 시작했다.

방에 있던 은희는 은숙이 집에서 나간 걸 확인한 후 마치 기다렸다는 듯이 부랴부랴 집을 빠져나왔다. 언니가 꼬치꼬치 캐묻는 게 불편했던 은희는 저녁 먹기 전 돌아오겠다는 쪽지만을 남겨두고 친구를 만나러 금남로 부근으로 향했다.

금남로 부근엔 많은 사람들이 모여있었다. 그 사이엔 은희와 은희의 친구, 미영이도 함께 있었다.

"은희야, 너 그거 들었냐. 아침부터 군인들이 들이닥쳐서 난리도 아니었데. 학생이고 청년이고 그냥 지나가는 사람들까지 전부 잡아 두늘겨 팬나드라. 도망가도 끝까지 쫓아간대. 옆 반 정숙이 걔도 전대 쪽 지나가다가 두들겨 맞아가꼬…"

"안 그래도 아침에 책 사러 나왔다가 대학생 언니 오빠들이 시위하는 거 봤어. 어떻게든 우리를 잡아먹을라고 난리드만. 야, 미영아. 우리가 여기서 가만히 있는 게 더 이상하지 않냐? 우리가 여기서 모른

척 숨으면 지는 거잖어. 우리도 우리가 할 수 있는 걸 해야 되지 않겠냐.”

비상계엄 선포 이후 공수부대의 잔혹함은 단시간 안에 사람과 사람의 입을 통해 전해져 모르는 이가 없었다. 그러나 가족, 친구의 무너지는 모습을 본 사람들은 더 이상 노래를 부르며 버티는 것만으로는 공수부대와 맞설 순 없다고 생각했다. 시위대는 각목과 파이프, 화염병 등을 들었고, 무기가 없다면 땅바닥에 있던 돌이라도 던졌다. 누구 하나 쉽사리 물러날 기미가 보이지 않았다. 군인과 대치한 상태로 긴장감이 흘렀지만 수많은 시민들이 ‘독재 타도’를 목 놓아 외치고 있었다. 은희도 미영과 함께 ‘독재 타도! 비상계엄령 철회!’를 외치며 땅바닥에 있던 돌을 주워 던졌다. 곧 공수부대가 최루탄을 쏴대며 시위대 쪽으로 무섭게 달려들었다. 정신없이 도망가는 사람들 속에서 은희와 미영은 조심하라는 눈빛을 교환하곤 시위대 속으로 흩어져 각자 인근 주택가로 몸을 숨겼다.

　은희는 터져 나오는 무언가를 꾹꾹 누르며 뛰고 또 뛰었다. 우르르 함께 뛰던 사람들은 모두 흩어지고 알 수 없는 골목을 홀로 달리고 있었다.

　'잡히는 죽는다… 잡히면 죽는다…'

　이곳이 어디인지. 어디로 향하는지 알 수 없지만 멈출 수 없었다. 멀지 않은 곳에서 군홧발 소리와 함께 비명소리가 흩어지고 있었다. 쉴 새 없이 달리면서 숨을만한 곳을 찾았지만 굳게 잠겨있는 문들에 점점 절망감이 차올랐다. 결국 막다른 골목을 마주하고 더는 달릴 곳이 없어졌을 때 은희는 차라리 죽음이 편할 수도 있겠다는 생각을 했다. 굴복할 생각 따위 추호도 없다. 그렇나면 두려움이 나를 집어삼키기 전에 죽는 게 낫지 않을까.

　뚜벅 뚜벅-

　거친 숨을 몰아쉬는 은희 귓가로 군홧발 소리가 들려왔다. 재앙이었다. 재앙이 다가온다. 반항하지 못하고 이 재앙을 온몸으로 맞아야 한다. 거대한 공포감에 은희의 다리는 사시나무 떨듯 떨렸다. 발소리가 점점 가까워지고 있었다.

더는… 도망갈 곳이 없었다.

*

은숙은 집에서 불안에 떨고 있었다. 저녁 먹기 전에 들어오겠다는 쪽지를 남긴 은희가 여즉 들어오지 않았으니 미칠 노릇이었다. 여기저기 전화를 걸었지만 은희의 행방을 아는 사람은 아무도 없었다. 어느덧 시계 초침은 여덟 시를 넘어 아홉 시를 가리키고 있었다. 부정적인 생각이 머릿속을 가득 메워 더는 가만히 앉아서 기다릴 수 없었다. 은숙은 신발도 제대로 신지 못한 채로 동네 주변을 뒤지고 다니다가도 그사이 전화가 올까 봐 급하게 집으로 돌아오기를 반복했다. 친구 집에서 잠이 들어버린 건지, 혹여나 데모에 휩쓸려 안 좋은 일을 당한 건 아닌지, 그러다 내가 무슨 불길한 생각을 하는 거냐고 자책을 반복하며 집 앞을 서성거렸다. 하지만 은희는 나타날 기미를 보이지 않았다. 은숙은 다시 집으로 들어와 은희의 친구들에게 빠짐없이 전부 전화를 걸었다. 울고 싶은 마음을 꾹꾹 누르며 동생이 아직 집에 들어오지 않았다고, 혹시 오늘 만난 적 없느냐고, 아니면 지나다 본 적도 없느냐고 물어댔다.

별일 아닐 거라며 위로하는 사람들의 말은 들리지 않았다. 더는 전화를 걸어볼 곳이 생각나지 않아 좌절감이 쌓여가던 늦은 밤 은희의 친구, 미영이 어머니에게서 전화가 왔다.

─애들이 금남로에 있었대. 그런 무서운 데는 뭐할라고 갔는가, 참말로.

"그래서 은희는요? 미영이랑 같이 있어요?"

─도망치다 골목에서 헤어졌단디 다행히 어떤 아짐이 숨겨줘가꼬 그 집에서 연락이 왔당께. 군인들이 얼마나 무섭게 쫓아왔는가 오늘은 그 집에서 신세 지고 내일이나 와야겠다고.

"군인들이요? 왜요? 애들이 뭘 어쨌다고."

─군인들이 광주 시민들 씨를 말리러 왔다 안한가.

데모를 하건 안 하건 쫓아가서 그냥 두들겨 팬다드만. 아이고, 집 밖에 못 나가게 내가 손발을 다 묶어놨어야 했는디. 오매 나도 하루 종일 심장이 벌렁거려가꼬.

"어디서 헤어졌대요? 어느 골목이래요?"

-음마. 나갈라고? 아마 은희도 미영이처럼 잘 숨어있을 거여. 금방 연락 올 건께 너무 걱정하지 말어. 뭐 큰일 있겄는가. 뭣이라도 들으믄 내가 바로 전화할 텐께 집에 있으랑께. 알겄제?

은숙은 목이 메어 대답도 제대로 하지 못한 채 전화를 끊었다. 그때부터 은숙의 시간은 멈춰버렸다. 늦게라도 집에 오지 않을까 마음을 졸이며, 혹시나 전화를 놓칠세라 뜬눈으로 밤을 지새워야 했다.

은숙은 극심한 두려움에, 공포심에 잠들 수 없었지만 야속하게도 19일의 아침은 오고 말았다. 은희의 부재가 아침까지 이어지자 다시 한번 이곳저곳에 전화를 했지만 동생의 행방은 여전히 알 수 없었다.

금방이라도 질식할 것만 같은 마음에 은숙은 더는 가만히 있을 수 없어 금남로로 향했다.

수많은 사람이 가득한 거리는 알 수 없는 무거운 긴장감에 휩싸여 있었다. 며칠 전과 달리 군인이 들고 있는 총부리 끝은 시퍼런 칼날로 반짝였다. 그럼에도 금남로를 빽빽하게 채워가는 사람들의 분노는 걷잡을 수 없이 커져갔고, 민주화에 대한 열망은 더욱 굳건해졌다. 군부대와 경찰은 헬기를 동원해 시민들의 해산을 종용했다.

"시민 여러분, 빨리 집으로 돌아가십시오. 여러분들은 지금 극소수 불순분자 및 폭도들에 의해 자극되고 있는 것입니다."

시민들은 군부대의 말도 안 되는 소리에 기가 막혔고, 분노했다. 과열된 군중 속에서도 은숙은 그저 동생을 찾고 싶을 뿐이었다. 그렇게 팽팽한 대치가 정오에 다다를 무렵 경찰이 최루탄을 쏘기 시작했다. 엄청난 인파 속에서 쉴 새 없이 은희를 찾던 은숙은 깜짝 놀라 뒤로 물러났다. 하지만 시민들은 물러날 기세 없이 땅바닥의 돌을 주워 던져댔다. 그러다 최루탄 가스가 자욱해지면 인근 상가나 골목에 몸을 숨겼다가 잠시 후 약속이라도 한 듯 몰려들길 반복했다. 은숙은 시민들 사이에 섞여 있는 와중에도 은희 또래 여학생만 보이면 달려 나갔다. 그러나 은희는 어디에도 보이지 않았고, 시민들 사이에 있던 학생과 청년들은 우리의 소원은 통일을 부르기 시작했다. 또다시 최루탄이 터졌고, 사람들의 노래소리와 함께 여기저기서 들리는 비명소리와 신음소리가 한껏 기괴하게 느껴졌다.

은숙은 미쳐버릴 것만 같은 기분에 눈에 보이는 골목 상가로 냅다 뛰었다. 최루탄 가스로 얼굴의 모든 구멍에서 허연 액체가 흘러내렸지만 닦을 새도 없었다. 계속해서 들려오는 비명과 신음, 무언가 터지는 소리에도 뒤돌아볼 수 없었다. 주춤하는 순간 다음 사람은 자신이 된다는 걸 본능적으로 알고 있었다. 허겁지겁 상가 옥상으로 올라가 몸을 숨겼다. 심장이 입 밖으로 튀어나올 것만 같았다.

　은숙이 옥상에서 내려다본 광경은 살육 그 자체였다. 공수대원들은 돌멩이가 날아와도 아랑곳하지 않고 돌진했고, 사람들을 닥치는 대로 때리고 찔러댔다. 도로 위에 수많은 희생자들이 축축하게 젖은 옷가지들처럼 아무렇게나 널브러져 있었다. 공수대원에게 잡힌 시민들은 낱낱이 발가벗겨졌다. 팬티만 하나 겨우 걸치고는 공수대원의 명령에 따라 거리 한복판을 배로 기어 다니는 광경은 보는 사람까지 수치스럽고, 곤욕스러워서 견딜 수 없었다. 은숙은 숨소리라도 들릴까 입을 막고 사시나무 떨듯 온몸을 부들부들 떨었다. 차마 보기 힘든 광경에 고개를 돌리려던 은숙은 은희 또래의 여학생이 공수대원에게 붙잡히는 모습에 그대로 굳어버렸다.

　"살려주세요! 제발 도와주세요!"

　그 찰나의 순간, 은숙의 눈동자와 여학생의 눈동자가 겹쳤다. 은숙은 급히 시선을 피했다. 그리곤 혹시나 자신의 위치가 알려질까 두려워 몸을 한껏 웅크렸다. 자꾸만 여학생의 날카로운 절규 소리가 들리는 듯했다. 그 절규는 은숙의 귓속을 파고들어 온몸을 헤집고 다니다가 가슴에 박혔다. 그 소리가 더 이상 들리지 않을 때쯤 은숙은 조심스럽게 고개를 들어 여학생이 있던 자리를 응시했다. 은숙의 눈동자 속 두려움에 떨던 여학생은 모든 색을 잃은 채, 생기를 잃은 채, 껍데기만 남아있었다. 그곳엔 미쳐버린 사냥꾼의 난도질로 만신창이가 된 가엾은 영혼만이 존재했다. 겉옷은 물론 속옷까지 찢어져 있었고, 사냥꾼은 이미 의식이 없는 영혼을 가차 없이 발로 차며 머리채를 잡고는 벽에 쿵쿵 소리가 나도록 찧었다. 마치 폭력만을 위해 살아온 것처럼 최선을 다해 두들겨 팼다.

은숙은 나가서 도울 수도 그렇다고 그만하란 말 한마디조차도 하지 못 한 채 다리에 힘이 풀려 주저앉아 숨죽였다. 그런 자신의 모습이 혐오스럽다고 생각하면서도 극심한 공포감에 휘감겨 아무것도 할 수 없었다. 구역질이 나와 더는 볼 수 없었다. 왜 이런 생지옥이 펼쳐진 건지 도무지 이해할 수 없었다.

끝이 보이지 않는 지옥은 은숙을 무력하게 만들기 더없이 충분했다.

그렇게 얼마나 지났을까. 거리엔 피로 물든 수많은 신발과 옷가지들이 널브러져 있었다. 멍하니 바라보던 은숙은 마치 피할 수 없는 쓰나미를 보는 것 같았다. 나를 무력하게 만드는 모든 것을 앗아가는 그런, 하나의 재앙. 분명 여름이 다가오고 있는데 거리는 계절이 무색할 만큼 싸늘했다. 두려움에 벌벌 떨던 은숙은 고갤 들어 조용해진 거리를 살폈다. 정신없이 집으로 돌아왔다.

＊

은숙은 집에 돌아와 울렁거리는 속을 게워냈다. 먹은 게 없으니 나오는 건 멀건 위액뿐이었다. 은희의 목소리가 들리는 듯했다.

'언니, 나 너무 무서워 살려줘'

환청이었다.

'살려주세요! 제발 도와주세요!'

여학생의 절규가 들리는 듯했다.

그것도 환청이었다.

데모에 참여하지만 않으면 괜찮을 거라 생각했는데, 광주에 괜찮을 수 있는 건 단 하나도 남아있지 않았다. 옥상에서 본 은희 또래 여학생의 모습이 눈에 아른거렸다. 그 아이는 왜 거리 한복판에서 군인에게 처참히 당해야만 했을까. 은숙은 할 수 있는 게 아무것도 없었다. 그 여자애가 한 것이라곤 민주화를 외친 것 그게 전부가 아닌가. 아무것도 하지 못한 자신이 치욕스럽게 느껴졌다.

그때 전화벨이 울렸다.

적십자 병원이었다. 얼굴이 뭉개져 신원을 알아볼 수 없는 여학생의 시신이었는데, 타박사라고 했다. 그러니까 죽을 만큼 맞아 죽은 것이다. 그나마 은숙에게 전화라도 온 것은 안주머니에 있던 학생증 덕분이었다. 절대 그럴 리가 없다고 생각하면서도 초조한 마음으로 병원 문을 연 은숙의 손이 덜덜 떨렸다.

안내받은 병원 간이침대에 흰 천으로 덮여있는 시신을 보고 그대로 주저앉았다.

"김은희 씨 보호자 맞으시죠? 시민군이 데려왔어요. 금남로 쪽 골목에 있었다고…"

간호사가 어쩔 줄 몰라 하며 은숙의 옆으로 다가왔다. 은숙은 달달 떨리는 손으로 흰 천을 내렸다. 시신의 얼굴은 엉망으로 짓뭉개져 있었지만 단번에 알아볼 수 있었다. 동생이었다. 그토록 찾아 헤맨 동생이었다. 하지만 은희는 이미 이 세상에 남아있지 않았다. 은숙은 오열했다. 시신을 꼭 끌어안고 괴롭게 울부짖었다. 피로 딱딱하게 굳어버린 머리카락을 쓸어주며, 어떤 표정으로 이 생을 마무리한 건지도 모를 얼굴을 덜덜 떨리는 손으로 어루만지며, 숨이 넘어가도록 울었다. 그날 적십자 병원에서 은숙의 하늘이 산산조각으로 부서졌다.

울 힘조차 더 이상 남아있지 않을 즈음 차갑게 식어버린 은희를 바라보던 은숙은 문득 옥상에서 봤던 여학생을 떠올렸다. 흰 천 속 은희와 무력하게 두들겨 맞던 여학생의 모습이 겹쳐 보였다. 그러고는 숨죽여 지켜볼 수밖에 없던 자신의 모습이 떠올랐다. 격렬한 분노와 처음 느껴보는 살의가 꿈틀대는 것 같았다. 은숙은 숨을 참았다. 이대로 숨이 멎길 간절하게 바라며 숨을 꾹 참았다. 얼마 안 가 울컥 올라오는 울음과 함께 숨이 비집고 터져 나왔다. '동생이 죽어가고 있었을 때, 여학생이 두들겨 맞고 있었을 때 나는 대체 뭘 하고 있었던 걸까.' 아무것도 할 수 없던 자신이 죽도록 싫어서, 이런 극한의 상황이 너무나도 분통해서 가슴을 주먹으로 퍽퍽 내리치며 울었다. 더는 견딜 수 없었다.

은희는 친구를 만나고 돌아와 은숙이 화해의 의미로 정성스럽게 만든 설탕국수를 보곤 웃음을 숨길 수 없어야 했다. 은희는 손도 씻지 않고 달려와 앉아 은숙에게 기어코 잔소리를 들었어야 했다. 삐죽 나온 입으로 손을 씻고 온 은희는 설탕국수를 한 입 먹곤 맛있다며 그제야 굳게 닫았던 입술을 열어 쫑

알쫑알 이야기를 쏟아내야 했다. 금방 그릇을 비운 은희는 더 없냐며 주방을 기웃거려야 했고, 그걸 본 은숙은 웃음을 터트려야 했다.

은희는, 은희는 왜 죽었어야 했을까.

은숙은 며칠 전 은희와 나눴던 대화를 떠올렸다. 억압의 시대 속 숨이 멎는 그 순간까지 사무치게 외로웠을 동생을 생각하니 다시금 가슴이 미어졌다. 학생증 사진 속 은희의 표정은 너무나도 해맑아 보였다. 순간 옥상에서 본 여학생의 눈빛이 또다시 떠올랐다. 은숙은 눈을 감았다. 아무것도 되돌릴 수 없다. 더 이상 잃을 것도 없다. 가슴이 찢어져 그 사이로 은숙의 영혼이 새어 나오는 것 같았다.

거리에 나가야겠다. 나가서 내가 두고 온 걸 찾아 은희에게 돌아가야겠다. 은숙은 생각했다. 그리고 은희에게 늦지 않게 돌아오겠다는 약속을 했다.

병원 밖에선 애절한 여성 목소리의 가두방송이 흘러나오고 있었다. 여성의 목소리는 단호했지만 희미하게 떨리고 있었다.

"시민 여러분, 모두 거리로 나와 도와주십시오. 거리에 형제, 자매들이 힘없이 계엄군에게 처참히 당하고 있습니다. 거리의 부상자를 병원으로 이송하는 걸 도와주십시오. 먼저 가신 님이 억울하지 않게 우린 끝까지 최선을 다할 것입니다."

은숙은 쏟아지는 울음을 참으며 거리로 나왔다. 동생에게 속죄하는 유일한 방법이라고 생각한 걸까. 여학생이 무참히 당하는 걸 돕지 못한 죄책감이었을까. 은숙은 죽음을 다짐했다. 억울하게 동생을 잃은 은숙에게 죽음에 대한 두려움은 곧 죄책감이었다.

*

공수부대의 살육은 다음 날에도 멈추지 않았지만, 시민들은 죽음을 각오하고 있는 힘을 다해 맞섰다. 그 자리엔 은숙도 있었다. 빼곡하게 모인 사람들은 맞닿아 있는 어깨로 서로의 존재를 확인했다. 두렵지 않은 사람은 없었기에 사시나무 떨리듯 온몸이 떨렸지만, 뒤로 물러나거나 도망가는 사람은 없었다.

은숙은 덜덜 떨리는 손에 주먹을 꽉 쥐었다. 그러자 옆에 있던 원피스를 입은 여성이 은숙의 손을 살며시 감싸 잡았다. 손에서 손으로. 매서운 겨울을 잎 하나 없이 꼿꼿하게 버텨내는 나무처럼 절대 꺾이지 않고, 시민들은 손을 맞잡아 의지를 다잡고 앞으로 나아갔다.

어쩌다 광주로 발령 받았습니다

나나샌드

일상을 여행처럼 여행을 일상처럼 살려 합니다. 어쩌다 광주에서 살고 있으며 여행자의 시선으로 일상을 보고 싶습니다. 명함에 적힌 이름과 직함이 아닌 이름을 발견하는 여행 중입니다.

주말 아침 수영은 기숙사를 나와 옵션이 갖춰진 원룸으로 이사한다. 작은 SUV 한대를 쏘카 앱으로 검색하면서 생각이 많다.

'이 차면 트렁크 공간이 충분하려나? 저 물건들은 그냥 두고 갈까?'

기숙사에는 동기들과 같이 쓰던 공동 소유의 작은 중고 냉장고가 현관문 근처에 놓여 있었다. 냉장고 위 낡은 중고 텔레비전은 수영의 아침잠을 깨워주곤 했다. 수영은 SUV의 시트를 모두 접어 트렁크 공간을 넓게 만들었다. 여행 가방 하나를 싣고 나서 한숨이 나왔다. 낡은 냉장고와 텔레비전을 어떻게 할까 고민하다 낑낑거리며 냉장고부터 등에 지고 힘들게 계단을 내려와 트렁크에 밀어 넣었다. 가쁜 숨을 몰아쉬었다. 계단에 주저앉아 트렁크에 실린 냉장고를 멍하게 바라보다 텔레비전도 가지고 내려왔다.

동기들과 기숙사 생활을 하며 추억이 담겨 있다고 생각한 공동 소유 물건은 원룸의 작은 방을 더 좁게 만들었지만 수영은 마음이 놓였다. 수영은 무사히 이사를 마치고 방에서 점심으로 굽네 치킨을 주문했다. 치킨을 먹고 남은 콜라를 소녀시대의 수영이 지켜보고 있는 작은 중고 냉장고에 넣었다. 수영은 치킨을 먹고 낮잠에 빠져들었다. 꿈속에서 그는 3년 전 신입사원으로 광주에 처음 왔던 날로 돌아갔다.

*

인사팀 회의실 테이블에는 석 잔의 비닐봉지 맛이 더해진 커피믹스가 놓여 있었다. 종이컵에 뜨거운 물을 넣고 수저가 아닌 봉지로 훌훌 휘저어 내준 것이 분명했다. 테이블 위에는 계획대로라면 다섯 잔의 커피가 있어야 했다. 그러나 두 잔은 테이블 위에 오르지 못했다. 그 커피의 주인들은 광주 발령이라는 소식을 듣자마자 사직서를 쓰고 퇴사해 버렸다. 담배 냄새가 밴 인사팀 회의실에서 수영은 강남과 동인을 만났다. 회의실에서 어색한 침묵을 먼저 깬 사람은 동인이었다.

"동기 사랑 나라 사랑 아인교"

다섯 명은 아니지만 세 명이라도 다행이라 생각했다. 부서 배치가 끝나고 저녁 무렵 텅 빈 기숙사 방에서 짐을 정리하며 서로 자기소개를 이어 갔다.

"안녕하세요. 공무● 1팀 수영이고 26살입니다. 부산에서 대학 졸업하고 어쩌다가 여기 광주 사업부로 발령받았어요."

"재경●●팀 동인입니다. 25살이고 광주에 우리 회사 사업부가 있는지도 몰랐다 아인교. 대구 서문시장 근처가 집이고 광주는 처음입니다. "

"지원●●●팀 강남입니다. 서울에서 대학 졸업하고, LG디스플레이에서 2년 근무하나가 퇴사하고 어찌 입사해 28살입니다. 빨리 정리하고 나가서 한잔해요. 직장생활에서 중요한 건 인간관계 아닌가요? 서로가 서로에게 적은 되지 맙시다."

수영은 부산 출신으로 이곳저곳에서 살면서 표준어를 써야 한다는 강박관념이 있었지만 동인이의 사투리가 듣기 좋았다. 강남은 나이도 많아 힘들 때 조언을 구할 수 있겠다는 생각에 형처럼 느껴졌다.

세 명은 함께 기숙사 현관을 나와 길을 걸었다. 5분 거리에 유스퀘어라는 이름으로 공사 중인 터미널이 있었다. 조용히 길을 걷다 강남이 먼저 입을 열었다.

"저는 그래도 광주가 파주보다 좋다는 생각이 들어요. 광주에서 서울 강남 가는 버스가 10분 간격으로 있어요. 대박~ 빨리 금요일이 왔으면 좋겠어요."

수영이도 빨리 금요일 저녁이 되었으면 좋겠다고 생각했다. 모두에게 터미널은 익숙한 공간으로 떠나기 위한 마법의 웜홀이었다. 주말 저녁 터미널에서 각자의 공간으로 떠났고 일요일 저녁이면 다시 기숙사 방으로 모였다.

수영은 원룸으로 옮기고 나서 꿈속에 나타난 강남과 동인 모습에 놀라 잠에서 깨어났다. 작은 냉장고에 붙어 있는 소녀시대 포스터를 보고는 다시 생각에 잠겼다. 소녀시대 사진은 그 당시 동기들을 다시금 불러냈다.

첫날 한잔을 한 장소는 굽네치킨이었다. 치킨을 시키면 소녀시대 포스터를 주는 이벤트가 있었고 태연이 웃고 있는 사진을 받았다. 수영은 수영, 강남은 윤아, 동인은 서현을 좋아했다. 수영은 용기 내서 바꿔 달라고 해 볼까 잠시 고민했지만, 아저씨의 꾹 닫힌 입매를 보고 포기했다. 대신 수영은 그날 이후 치킨은 묻지도 따지지도 않고 굽네만 시켜 먹었다. 얼마 지나지 않아 냉장고의 세면은 수영, 윤아, 서현이가 웃고 있었다. 지금은 수영이 냉장고의 가장 좋은 위치를 차지하고 있다.

소녀시대 윤아를 좋아했던 강남은 대학에서 만난 씨니와 비슷한 이미지의 여사친구가 있었고 상서리 연애를 했다. 여자친구에게 신혼집을 광주에 마련해 같이 살자는 제안을 할 수 없었다고 한다. 서울에 신혼집을 마련할 수도 없어 영혼까지 끌어다 투자해 서울 외곽 경기도 광주 하남에 전셋집을 구할 생각을 했었다. 그 외곽이 전라도 광주 하남까지 멀어질 수는 없었다. 여자친구가 우선순위에 있었던 강남은

1년이라는 시간만 광주에서 수영, 동인과 함께했다. 다시 취준생이 되어 6개월 동안 취업 스트레스 속에서 살았지만, 판교에서 운 좋게 다시 직장을 구했다.

서현을 좋아했던 동인은 서현보다 삼성을 더 좋아했고 삼성 라이온즈의 열렬한 팬이었다. 기아와 삼성의 야구 경기가 있던 날 회사 사람들이 모두 기아를 응원할 때 동인은 마음으로 몰래 삼성을 응원했다. 수영과 동인은 야구 경기에 있어 할 말이 많았다.

"부산 하면 롯데가 최고다. 여기 사람들은 양동통닭 들고 야구장 가서 OB맥주 마신다 카더라"

수영도 동인과 이야기할 때면 편하게 사투리를 쓰곤 했다.

"기아하고 삼성 경기 하는 날 삼성 응원석 가서 응원하고 싶은데 회사 사람들이 볼까 봐 기아 응원석에서 몰래 응원한다 아이가."

동인은 대학 졸업 후 삼성 입사를 몇 번 도전했으나 실패하고 광주에 발령받은 상태였다. 강남이 먼저 떠나고 마지막이라는 생각으로 한 번 더 삼성에

도전했다. 동기를 제외한 다른 사람 눈에 드러나지 않게 준비해 광주를 떠나 대구에서 드디어 마음껏 삼성 라이온즈를 응원할 수 있게 되었다.

*

수영, 강남, 동인 세 사람이 공유하는 취향과 익숙한 세계가 있었지만, 다른 사람들은 그것을 인정하지 않았다. 그리고 그들이 사내에서 가지고 있는 네트워크는 동기 세 명이 전부였다. 광주에서 수영은 자신이 '다른 행성에서 온 사람' 혹은 '이방인'으로 느껴졌다.

회사 동료들은 기아타이거즈를 응원했고 소주는 잎새주, 맥주는 OB맥주만 마셨다. 광주 혹은 전남, 전북에서 초·중·고, 심지어 대학까지 졸업했고 고향 선후배도 많아 일하면서 주변에 도움을 주고받을 네트워크가 있었다.

수영은 협조문서를 메일로 발송했다.

> 1. **목적** : 도면 검토 후 GJ프로젝트 제품 양산
>   시제품 제작을 위함
> 2. **요청사항** : 시제품 승인도 미흡 부분 및 보완
>   내용 검토 및 피드백
> 3. **회신기한** : 3월 12일까지 회신 요청

수영은 업무 프로세스에 따라 일을 처리했지만 일에 대한 협조를 얻기 힘든 경우가 많아 답답했다. 차라리 수영의 잘못으로 안 되는 일이라면 차라리 마음이 편했을 텐데….

김 팀장님은 업무 진행 상황을 체크하고 있었다.

"기술팀에서 도면 검토 끝나고 피드백 온 거 정리해 놓았지? 피드백 반영해서 도면 다시 확인하고 제작 들어가려면 시간 별로 없어."

기술팀 담당자와 전화 통화를 몇 번 했는지 모른다. 담당자가 전화를 받지 않아 이메일과 쪽지도 여러 번 써서 문서 확인을 요청했다. 기술팀 담당자는 알겠다는 답을 했지만, 일주일이 그냥 흘러 버렸다.

　김 팀장은 조용히 이야기하지만 듣고 있은 수영은 답답했다.

　"수영아 일 처리를 그렇게 하면 어떻게 하나? 그렇게 해서 언제 발주 넣고 일 시작해? 평소에 자주 찾아가서 기술팀 담당자하고 커피도 마시고 관계 형성하라고 했지! 내가 일단 기술팀 정 팀장한테 전화해 놓을게. 아마 바로 처리될 테니까 다음에는 좀 더 신경 써."

　수영은 기술팀 담당자를 찾아가 인사도 하고 커피도 몇 번 마시고 대화를 시도 해 보았지만 한참 선배인 그와 무슨 이야기를 할지도 모르겠고 공감대를 찾기도 어려웠다. 팀장이 진화 동화한 지 한 시간 뒤 열 페이지의 검토서가 수영의 메일로 도착했다. 기술팀 담당자가 정말 바빠서 회신을 못 했을 거로 생각하면서도 속은 용광로처럼 끓어올랐다. 같은 일이 몇 번 반복되고 나서 수영은 완전히 힘이 빠졌다. 처음부터 기울어진 운동장이라는 생각이 들었다. 점점 먼저 광주를 떠난 동기들 생각에 마음이 흔들렸다.

*

　　수영은 몇 달 후 저녁 회식에서 불판에 고기를 굽고 있었다. 후배가 많이 생겼지만, 선배가 고기를 구워 막내들이 맘 편히 먹는 모습을 보면 기분이 좋아졌다. 연통으로 빨려가는 연기 사이로 수영이 신입사원이었을 때 환영 회식이 생각났다.

　　"오메 징헌 거. 몇 년 만에 온 신입사원이다냐. 뭐 좋아하냐? 맛난 걸로 먹자잉."

　　수영은 회식이라 점심도 일부러 조금 먹었다. 부서 사람들은 업무를 일찍 마감하고 회사 근처 고깃집에 모였다. 시끌시끌한 소음 사이로 녹색 잎새주 병이 먼저 테이블 위로 놓였다.

　　"수영아, 한잔 혀."

　　수영은 쓴 소주를 한 입 삼켰다.

　　"아~따 뭐 하냐?"

　　어쩔 수 없이 수영은 소주를 한입에 모두 털어 넣고 선배 잔에 소주를 다시 채웠다. 수영의 잔에도 다시 소주가 넘쳐흘렀다. 손을 옮겨 고기를 굽던 수영의 귀에 소음 속에서도 분명하게 들리는 말이 있었다.

"부산 촌놈 뭐~ 하냐아~ 고기 먹을 줄 모르냐 ~"

갑자기 촌놈이 되었다. 수영은 머릿속 단어장을 검색하며 '촌'의 의미를 생각하며 무엇이 잘못되었는지 한참 생각했다. 생고기를 굽는 것을 타박하는 말이었다. 수영은 생선회는 좋아했지만, 생고기는 처음이었고, 빨간 핏빛의 고기를 익숙하게 불판에 올렸을 뿐이었다. 이날의 충격으로 수영은 생고기는 물론 생고기 비빔밥 등 '생'이 들어간 어떤 음식도 쳐다보지 않게 되었다.

*

동기들이 떠나고 하루하루가 더 힘들었다. 동기들과의 추억을 떠올리며 버텨나가는 시간이 몇 달이나 이어졌다. 혼자라는 게 무서워 텅 빈 원룸에 혼자 들어오는 시간이 싫었다. 동기들을 따라 광주를 떠나기 위해 뭔가를 준비해야만 한다는 강박관념이 수영을 더 힘들게 했다. 이사 올 때 가지고 온 냉장고의 소녀시대 포스터가 동기들을 대신해 텅 빈 방을 지켜주는 듯했다. 마음을 누르는 압박감 속에서도 나를 지켜야 한다는 생각이 들어 수영은 소녀시대 수영에게 인사하며 출퇴근했다.

다행히 혼자 있는 시간 동안 스스로를 알아가는 시간을 가지게 되었다. 그동안 선배, 동기들과 함께 있으면서 발견하지 못한 숨은 자신을 한 조각씩 발견해 나갔다. 기숙사와 다르게 조용한 방안은 작지만, 오히려 그동안 살펴보지 못했던 먼지 쌓인 책을 읽을 수 있었다. 수영은 아침 출근 전 잠깐 시간을 내어 책 읽는 시도를 해 보았다.「타이탄의 도구들」이라는 책 속 문장을 라임색 노트에 옮겨 적었다.

"행복해지고 싶은가? 그럼 행복하다고 친구들에게 말하고 다녀라. 그러면 그 말이 사실이라는 걸 보여주지 않으면 안 되는 상황을 만나게 될 것이다."

-팀페리스, 타이탄의 도구들 P.264

이 문장을 옮겨 적으며 얼마 전 싸이월드에서 본 동기들과 함께 웃고 있는 사진이 생각났다. 먼저 스스로 행복해져야겠다고 다짐했다.

수영은 책을 읽는 것만큼 글을 쓰는 것도 좋아했다. 무라카미 하루키 같은 글을 좋아했고, 흉내 내고 싶었다. 「무라카미 하루키 잡문집」에 있는 '맛있는 굴튀김 먹는 법'이라는 글을 특히 좋아했다. 수영은 배달 주문한 암뽕 순대 하나를 소금에 찍으며 음식 이야기를 글로 쓰면 재밌겠다고 생각했다.

동기들과 같이 순대를 먹던 시간을 떠올렸다. 국밥과 순대 모둠을 먹었는데, 모두 각자의 취향대로 순대를 찍어 먹었다. 처음에는 초장만 내주었던 단골 가게 아주머니는 이제 알아서 새우젓과 후추 넣은 소금까지 세 가지를 같이 내어주신다.

하지만 여전히 경상도에서 즐겨 먹는 쌈장은 없었다. 강남은 서울 사람답게 소금에 순대를 찍어 먹었다. 동인은 쌈장에 찍어 먹어야 된다고 했지만, 없는 쌈장은 어찌할 수 없고 새우젓과 후추 넣은 소금 대신 결국 초장을 선택했다. 수영은 하나를 고집하는 대신 여러 소스를 찍어 먹었다. 순대와 관련해 지역마다 소스가 다른 이유가 궁금하면서도 흥미롭게 느껴졌다. 좋은 소재가 될 것이라는 생각에 얼른 라임색 노트에 '순대'라는 제목으로 아이디어를 적어 놓았다.

수영은 회사 동료 부모님의 장례식장을 찾은 적이 있었다. 저녁을 먹으려고 하얀 종이가 깔린 상 앞에 앉았고 찬이 하나하나 놓였다. 그때 수영의 코에 직감적으로 홍어임에 분명한 음식이 놓였다.

전라도에서 결혼식, 장례식에 빠질 수 없는 음식이 홍어라고 여러 차례 들어왔던 터였다. 생각보다 그렇게 기분 나쁜 냄새는 전혀 아니었다. 삭히는 정도에 따라 냄새가 더 날 수도 있지만 괜찮았다. 홍어를 입에 넣고 음미하며 그 맛을 좀 더 알아보고 싶었다. 홍어 옆으로 빨간 양념이 들어간 무침 한 접시가 먹음직스럽게 놓였다. 홍어로 만든 무침이었다. 홍어 무침에 밥 한 공기를 뚝딱 비웠다.

"부산 촌놈이 홍어를 다 먹을 줄 아냐잉~"

수영은 또 촌놈 소리를 들었지만, 선배를 따라 삼합을 한입에 넣었다. 수육을 먼저 놓고 그 위에 적당히 익은 김치와 홍어를 올려 같이 먹어서 삼합이라 불렸다. 전혀 다른 곳에서 난 음식 재료의 조합이 나쁘지 않았다. 촉촉함과 시원함 그리고 묘한 부드러움까지 느껴졌다. 삼합도 좋았지만 그보다는 홍어 무침이 더 마음에 들었다. 무침에 들어있는 미나리와 파의 아삭함, 시원함 그리고 빨간 양념이 묻은 홍어의 짭짤함, 매콤달콤함이 마음에 들었다. 녹색과 붉은색 그리고 시원, 짭짤, 달콤을 모두 다 가지고 있었다.

수영은 홍어를 처음 먹은 날 라임색 노트에 그 기분과 식감, 맛을 수집했다. 서로 다른 것들이 섞여서 만들어 내는 색과 맛을 좋아했다. 어울리지 않아 보이는 재료가 섞여 만드는 그 오묘한 맛의 세계가 좋았고 '삼합'이라는 단어가 마음에 들었다.

*

　수영은 라임색 노트에 '촌놈'이라는 단어와 '여행' 그리고 '이방인'이라는 단어를 나란히 적어 내려갔다. 광주에 와서 이곳에 속하지 못하는 자신이 이방인처럼 느껴졌다. 아마 대학생 때 읽었던 소설「이방인」때문인지도 모른다. 이제는 오래되어 희미한 기억 속 소설의 처음과 마지막 문장은 수영에게 모순처럼 읽혔지만, 마지막 문장의 '행복'이라는 단어는 늘 머릿속에 선명하게 남아 있었다. 수영은 촌놈이라는 말이 듣기 싫었지만, 음식에 있어서 만큼은 촌놈이라고 인정하기로 했다.

　수영은 부산 촌놈이라는 말이 더 이상 싫지 않았다. 처음 맛보는 음식을 수집하기로 마음먹었다. '광주 음식 수집 프로젝트'라는 이름을 라임색 노트 표지에 라벨지로 출력해 붙였다. 수영은 SNS에 가입해서 동호회 사람들과 함께 이 프로젝트에 대한 모임을 만들었다. 동호회원들은 오래된 맛집을 알고 있었고 서로의 정보를 공유해 주었다.

홍어에 대한 기록 이후 매생이 굴 떡국에 대한 기록이 한 페이지를 차지하고 있다. 수영에게 매생이는 낯선 음식이었다.

"매생이… 매생이…"

몇 번 발음 해보며 생선일 것이라 추측했었다. 떡국 한 그릇이 눈앞에 도착하자 뽀얀 국물 속 신비한 푸른빛에 먼저 감탄했다. 한 수저 떠서 입에 넣는 순간 그 맛에 빠져 버렸다. 그리고 그 이후로는 겨울에 매생이 굴 떡국 한 그릇을 먹는 것이 삶의 행복이라고 느꼈다. 모임에 있던 한 분이 매생이는 미운 사위에게 장모가 내어 주는 음식이라고 알려주었다. 그 이야기가 재미있어 노트에 함께 적어두었다. 먹다 보니 그 이유를 알 것 같았다. 너무 맛있게 먹다가 입안이 뜨거워져서 혼이 났다.

동호회 사람들과 함께하면서 수영은 외로움이라는 감정에서 벗어날 수 있었다. 원룸 한구석에 덩그러니 놓여있던 중고 냉장고와 텔레비전을 다시 중고 가게에 처분했다. 수영을 지켜주던 소녀시대 수영과 함께, 윤아, 서현 포스터는 구석 상자로 들어갔다.

수영은 모임에 있는 사람들과 함께 좀 더 재미있는 일을 해 보기로 했다. 오래된 음식점에서 먹을 수 있는 맛있는 음식 탐험에서 벗어나 많은 사람에게 낯선 음식을 먹어 보면 좋겠다는 생각이 들었다. 광주에는 생각보다 다양한 음식을 경험할 수 있는 장소가 있었다. 익숙하지 않은 음식이 담긴 그릇 앞에서 동호회 사람들 모두가 '이방인' 혹은 '촌놈'이 되었다.

수영은 회사 일에 지치고 동기들 없이 혼자라는 생각이 들었지만, 자신을 돌보고 지키는 방법을 하나씩 찾아 나갔다. 음식에 있어 취향이 생기고 동호회 사람들과 함께 즐기는 방법도 터득했고 그동안 써 놓은 라임색 노트의 글을 SNS에 올리기 시작했다. 그 글은 한 여행잡지의 주목을 받아 매달 글을 기고하며 수영은 바쁜 일상을 보내고 있다.

여행잡지 글을 읽고 강남과 동인이 연락해 왔으면 하는 희망을 품어 본다. 그러면 그때 상자 속에 넣어 둔 소녀시대 포스터를 각자에게 돌려주며 굽네치킨에 맥주 한잔을 해야지 하는 꿈을 꾼다.

---

*공무 : '工務'라는 단어에서 온 의미로 알고 있습니다. 보통 공장에서 공장의 정상적인 운영을 위한 관리업무를 말하며 일반적으로 유지보수 및 설비 신설 업무를 담당하기도 합니다.

**재경 : 재무와 경제를 합한 용어를 말하는 것으로 관련팀은 세무, 회계 그리고 자금을 관리하는 업무를 하고 있습니다.

***지원 : 다양한 상황에서 사용될 수 있으며 기업의 성격에 따라 다양한 업무를 수행합니다.

25

모래

우리가 함께 겪는 것. 어제 먹은 것들 말고 식욕. 내일 할 일 말고 꿈. 당신의 애인 말고 사랑. 이런 것들을 쓰고 싶다. 이번에 '나'는 열심히도 새어 나왔다. '25'는 민낯이다. 배우는 중이다. 제대로 사는 걸 배워, 쓰고 싶다.

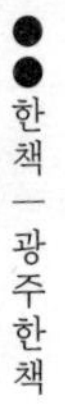
한
책

광
주
한
책

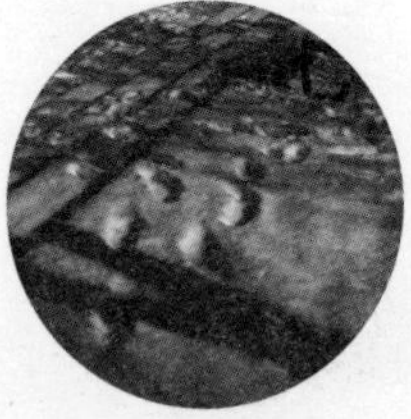

대사가 머리를 기어다녔다. 무엇을 갉아먹고 자라
는 것 같았다. 결국 충동에 못 이겨 말을 뱉어냈다.
"이건 누가 꾸는 꿈일까?"

커피잔을 만지작대던 상대가 고개를 들었다. 무슨
말이냐는 듯 눈썹을 들썩였다. 나는 왠지 아차, 했
다. 누군가 무작정 던지는 버릇을 고치라고 했던 것
이 생각났다. 냉큼 말을 이었다. "얼마 전에 영화를
봤는데, 대사가 맴돌아서." 상대가 어떤 영화냐고 물
었다. 나는 고개를 갸웃거렸다. 뱉은 대사가 공기 중
에 꾸물꾸물 떠다녔다. 따뜻한 커피로 입을 축이고
잔을 내려놓았다. 달그락거리는 소리는 나지 않았다.
나지막한 캐럴이 흐르고 있었다.

집에 시디가 있었어. 그걸 왜 집었더라, 빨간 케이
스였는데. 연말인데 할 일도 없고. 불러주는 사람도
없더라, 아무튼. '-더라'하는 말버릇을 의식하며 말
을 이었다. 처음에는 엄마가 구워둔 시디인 줄 알았
어. 주인공이 이불을 뒤집어쓰고 있어서 얼굴이 잘
안 보였어. 왜 나랑 닮았다고 생각했지. 기시감이 들

더라. … 어릴 때 캠코더 같은 걸로 영상을 찍어주잖아. 나중에 보여주려고. 그런 건 줄 알았는데, 웬 독립영화였어. 저예산 영화 말이야.

영화는 주인공이 이불을 걷어내며 시작됐다. 빨간 케이스 영화 속의 이불도 빨간색이었다. 손이 클로즈업되어 결국 얼굴이 드러나진 않았지만 어릴 적 내가 나오는 영상이 아니라는 건 알 수 있었다. 아이의 손이 아니었다. 주인공이 벌떡 일어나며, "이건 누가 꾸는 꿈이지?" 하고 말했다. 카메라는 얼굴 아래만을 비췄다. 대사가 울리면서 화면이 페이드아웃 되고, 영화는 꿈에 관해 얘기하기 시작했다.

track 1.

우리는 긴 의자에 나란히 앉아있었다. 가방을 사이에 두고 멀지도 가깝지도 않았다. 우리 사이가 그렇게 구현되었다. 어물쩍한 사이. 그럴 만도 한 게 나는 이 여자를 모른다. 알고 있나? 어디까지 알아야 우리는 아는 사이인 걸까. 내가 여자의 형태를 보고 있다 해서, 여자를 알고 있다고 할 수 있을까. 누군가 아는 사이냐고 물으면 정확히 이렇게 말해야겠다. 얼굴만 아는 사이에요.

그런데 우리는 얼굴만 알고 있을까? 별생각을 다 하다고 생가하는데, 여사가 입을 열었다. 저는 소설을 쓰고 싶어요. 소설이요? 내가 묻자 여자가 고개를 끄덕였다. 어떤 소설이요? 자아에 대한 소설이요. 이번에는 내가 고개를 끄덕였다. 손님이 유리문을 열고 들어오는 게 보였다. 서둘러 카운터로 향했다. 여자는 다시 커피를 마셨다. 커피를 내리며 흘긋 보니 노트를 꺼내 무얼 적는 것 같았다. 여자가 무얼 적는 건지도 알 수 없었다. 거기 적힌 걸 읽을 수 있다면, 우리는 아는 사이일까?

알고 모르는 것에 대한 생각이 반복되었다. 여기서 내가 아는 것은⋯ 얼굴들. 자주 오는 손님들의 얼굴이 비로소 눈에 들어왔다. 있어도 있는 줄 모르던 것을 발견한 것 같았다. 한 남자가 얼굴을 찌푸려 가며 웃어댔다. 앞에 앉은 사람의 얼굴은 보이지 않았다. 머리를 흔들대는 것을 보면 같이 웃고 있는 것 같았다. 얼굴들이 웃고 있었다. 왜 웃는 얼굴들인지 알 수 있다면, 우리는 아는 사이일까. 결국 딴생각을 하느라 커피를 잘 못 내리고 말았다. 싱크대에 던져 놓고 다시 원두를 갈았다.

손님에게 커피를 가져다주고 다시 여자의 옆에 앉았다. 가방은 그 자리에 있었다. 여자는 노트를 덮었다. 나는 노트 대신 나이를 물었다. 스물다섯이에요. 사장님은요? 저는 스물여덟. 사람을 쉽고 간단하게 파악하려는 의도를 냈다. MBTI 뭐예요? INFP요. 사장님은요? 맞춰보세요. 우리는 살짝 킥킥 웃었다.

나이와 MBTI도 아는 사이가 되었다. 소설 이야기를 하고 싶었다.

그럼… 소설을 쓰게 만든 소설이 있어요? 여자는 짧게 생각하더니 말했다. 데미안이요. 자라서 처음 제대로 읽은 책이에요. 나는 물었다. 알을 깨는 얘기요? 여자가 웃었다. 전부 알 얘기죠. 읽으셨어요? 나는 오래전이라 잘 기억나지 않는다고 말하며 검색했다. 새는 알에서 나오려고 투쟁한다. 알은 세계다. 태어나려는 자는 하나의 세계를 깨뜨려야 한다. 새는 신에게로 날아간다.

깨뜨릴 세계가 있나요? 여자가 다시 노트를 펼쳤다. 나는 곰곰이 생각했다. 생각해 본 적 없는데, 요즘 하는 생각은 있어요. 여자는 눈썹을 들썩여 보였다. 아는 것과 모르는 것에 대한 생각이 맴돌아요. 여자가 되물었다. 어떤? 더 설명해 보라는 눈치였다. 어떤 거냐고요? 잘 모르겠는데. 이것 봐요. 또 모르는 게 생겼네요. 내 말에 여자는 흥미로워했다. 자신이 아는 것에 대해 말해보겠다고 했다. 뜬금없는 말을 했다. 제가 살아있다는 거요. 그게 유일하게 아는 것 같기도 하고. 손님들이 나가려 일어서는 것이 보였다. 다시 카운터로 향했다.

잔을 싱크대에 가져다 놓고 테이블을 닦았다. 유리로 되어있어 꼼꼼히 닦아야 했다. 자국이 잘 사라지지 않았다. 흠집이 여럿 보였다. 옆 테이블의 말소리가 들려왔다. 어제 프라이를 하려고 계란을 집었는데, 팍 깨지는 거야. 맥없이. 상대가 왜냐고 물었다. 모르겠는데, 상했나. 아무튼 옆에 있는 걸 집었는데 또 깨졌어. 나는 멈칫했다. 여자를 보았는데 왠지 여자도 이쪽을 보고 있었다. 깨져버린 알과 그럼에도 살아있는 사람에 대해 이야기하고 싶었다. 그리고 우연에 대해.

fade out

track 2.

옆에 앉은 친구가 턱을 괴며 말했다. 나 요즘 소설 써. 단편. 친구의 팔목에서 염주가 흘러내렸다. 어떤 소설? 친구는 얼굴을 긁적였다. 꿈 얘기. 살아있는 것에 대한 얘기. 그게 무슨 얘기야. 나는 친구의 가방을 사이에서 치워버렸다. 거슬리는 것이 사라지니 그제야 집중할 수 있었다.

주인이 커피를 가져오는 것이 보였다. 테이블에 놓인 핸드폰과 마스크를 무릎으로 내렸다. 친구가 나를 가리키며 말했다. 제 친구예요. 주인이 말했다. 아 진짜요? 안녕하세요. 나는 속으로만 생각했다. 진짜죠. 가짜는 아니니까… 고개를 꾸벅 숙였다. 서울에서 일하신다고 들었어요. 나는 곧 퇴사할 거라고 말하며 웃었다. 거지 같다고. 주인이 허허허, 하고 따라 웃었다.

나는 아는 사이냐고 물었다. 친구는 빨대를 물고 끄덕였다. 몇 살이셔? 스물여덟. 나는 느리게 끄덕였다. 사람이 좋아 보인다. 친구는 노트를 펼치며 무심

한 표정으로 답했다. 다정해. 이제 소설 쓴다고 남한테 말 안 하는데. 진지하게 들어준 것도 처음인 듯. 나는 말했다. 나도 진심으로 들어. 친구는 얼굴을 비틀었다. 실소를 터뜨렸다. 네가 남이냐.

아하. 친구는 남이 아닌데 남 같은 사람들도 있다만… 하고 중얼거렸다. 남인데 남의 일 같지 않게 관심을 둔다고 했다. 근데 네가 남이 아니면 사장님도 남이 아니겠다. 남의 기준은 관심의 여부야. 친구가 말했다. 안다고 남이 아닌 것도 아니고 모른다고 남인 것도 아니라고 했다. 좋은 소재라며 노트에 적었다. 펜 끝에서 딸각거리는 소리가 났다. 소리 틈으로 친구가 물었다.

너는 날 알아? 친구는 여전히 고개를 숙이고 물었다. 알지. 네 마음을 전부 다 알지. 친구가 고개를 들었다. 진짜? 나는 말했다. 진짜지. 가짜는 아니니까. 친구가 웃었다. 오, 너는 진짜, 가짜를 확신하나 봐. 나는 왜 이렇게 모르겠지. 몰라서 알려고 소설도 쓰려는 건데. 내가 살아 있다는 것만 빼고. 아니, 살아있긴 한가.

손님들이 웅성거리기 시작했다. 친구는 흘끔 보더

니 다시 노트에 눈을 돌렸다. 주인이 어쩔 줄 몰라 했다. 한 사람이 냅킨을 겹쳐 들고 테이블을 내리쳤다. 무엇이 튀어 올라 선형을 그리다 벽에 달라붙었다. 낙엽색의 호랑나비였다. 그 사람은 놓치지 않고 흰 벽에 달라붙은 나비를 잡았다. 친구가 소란을 보는 내 뒤통수에 대고 말했다. 방금 장자를 죽인 거야. 친구는 어느새 노트에서 눈을 뗀 채 아직 들떠있는 소란을 바라보고 있었다. 장자? 친구는 핸드폰을 켜 무언가 찾아 들이밀었다.

장자가 어느 날 꿈을 꾸었다. 나비가 되어 꽃들 사이를 즐겁게 날아다녔다. 그러다가 문득 깨어 보니, 장자가 되어 있었디. 대체 상자인 자기가 꿈속에서 나비가 된 것인지, 아니면 나비가 꿈에 장자가 된 것인지를 구분할 수 없었다…

나는 경악하고 말했다. INPF처럼 굴지 좀 마. 도라이야.

fade out

track 3.

왜 이렇게 알 수 없는 얘기를 하는 거냐고 묻지는 않았다. 우리는 광주를 배경으로 쓰니까요. 주제를 너무 넘어서면 곤란하다고 말했다. 여자는 가라앉은 얼굴로 끄덕였다. 노트에 무얼 적었다. 장소라도 명시하는 건 어떨까요? '동명동'이라든지, '서석동'이라든지…… 여자는 재차 고개를 끄덕였다. 화면 구석 칸을 차지하고 있었다. '모래, INPF' 이름표 위에 여자가 있었다.

우리는 첫날 MBTI를 주고받았다. 서로의 쓰는 방식을 이해하는 데 도움이 되지 않을까 싶었다. 모래의 글은 INPF의 글로 분류하면 편했다. INPF가 전부 글을 이렇게 쓰지는 않겠지만. INPF가 아닌 사람이 이렇게 쓰지도 않을 것 같았다. 이렇게 생각하면 덜 난감했다. 그러니 편했다. 알 수 없는 걸 이해하게 되는지 몰랐다.

여자의 화면이 요동쳤다. 큰 소음이 들리더니 여자

의 놀란 얼굴이 반쯤 비쳤다. 모래님? 반쪽 얼굴은 미동이 없었다. 나는 화면에 손을 휘저어 보였다. 다른 사람들도 묘하게 가까이 다가왔다. 멈춰버린 놀란 얼굴이 괜찮은지 살피는 것 같았다. 잠시 침묵이 흘렀다. 우리는 모래를 기다렸다. 곧 오디오 계기판이 치솟았다. 마이크에 마찰이 생겼다. 멈춘 얼굴이 말하기 시작했다. 노트북이 떨어졌어요. 왜 그랬는지 모르겠네…

모래는 다음 수업에 참여하겠다고 했다. 나는 급히 원고 수정 방향을 일러주고는 인사를 했다. 모래 없이 남은 사람들끼리 수업을 진행했다. 마지막 사람의 원고 합평을 마치고 이론 수업으로 들어갔다. 소설의 플롯이 뭘까요? 생각나는 대로 말하면 돼요. 누군가 웅성거렸다. 누가 말씀하시는 거죠? 사람들은 고개를 저었다. 오디오 계기판이 별안간 '모래, INPF' 옆에서 치솟았다.

마이크의 소음 끝에 목소리가 선명해졌다. 모르겠어요. 사는 게 뭔지. 익숙한 목소리 다음 남자의 목소리가 들렸다. 사는 거요? 살아있다는 건 안다면서요. 모래가 답했다. 알죠. 여기 살아 있잖아요. 근데, 그냥 살아 있는 게 사는 걸까요? 모래는 불러도 듣지 못했다. 들리는 걸 모르는지 끊임없는 대화를 했다. 모래에게 문자를 보냈다. 계기판이 가라앉았다. 허둥지둥 목소리가 가까워지더니 죄송해요! 하고 뿜어져 나왔다.

수업을 마치고 종료 버튼을 눌렀다. 업데이트되어 가며 뱅글뱅글 도는 원이 시선을 끌었다. 업데이트 중… 전원을 끄지 마십시오. 멍한 기분이 들었다. 계기판이 차게 식기 직전 모래가 뱉은 말이 함께 뱅글뱅글 돌았다. 살아야 할지, 말아야 할지. 아무것도 모를 때는 아는 것만 믿고 살아야겠네요. 살아있다는 것. 수면 아래로 잠수하는 것 같았다. 짙고 고요한 곳에 부드러운 모래가 깔려있었다. 꿈을 꾸듯 되뇌었다. 업데이트 중… 전원을 끄지 마십시오. 나는 덧붙였다. 특히, 중간에, 함부로…

fade out

bonus track.

상대가 결말이 뭐였냐고 물었다. 결말? "트랙, 그러니까 꿈이 끝날 때마다 '나'는 화면을 보며 말해. 이건 누가 꾸는 꿈이지?" 나는 다음 말을 잠시 생각했다. "꿈속의 '나'는 주인공이 현실에서 만난 타인이었어. 꿈속의 타인이 현실의 자신이었고." 그게 무슨 말이냐 묻는 상대는 어지러워 보였다. 내가 뱉은 것이 꾸물꾸물 상대의 얼굴을 기어다녔다. "어느 것도 확신할 수 없어진 거야. 현실은 꿈이며, 현실의 타인이 실은 자신일지 모른다는 생각에서 헤어 나오지 못해." 상대는 애써 고개를 끄넉였다. 커피잔을 들어 올리던 손이 허공에서 멈추었다. 영화 끝에 '나와 타인은 전부 내가 꾸는 꿈.' 자막이 흰색으로 흘러나왔다. 빨간 이불을 배경으로 한 채였다. 일종의 수미상관 기법이었다.

주인공이 이불을 걷어내고 손이 클로즈업되었다. 벌떡 일어나며, "이건 누가 꾸는 꿈이지?" 하고 말했다. 엔딩 크레디트가 내렸다. 듣도 보도 못한 배급사 로고가 박혔다. 배급사가 아닌지도 몰랐다. 상대가 대체 그게 무슨 영화냐 물었다. "그러니까. 나도 감독이 누군지 궁금해서 시디를 살폈거든." 검색이나 해보자 하고 빨간 케이스를 조목조목 뜯어봤었다. 이름 세 글자든, 두 글자든 얼굴을 좀 보고 싶었다. 인스타그램 아이디를 찾아 디엠을 걸어볼 용의도 있었다. 대체 이게 무슨 영화냐고. 어떤 영화냐는 것보다 이런 게 영화냐고.

"제목이 뭔데?" 상대가 꽤 호기심을 보여 조급해졌다. "모르겠어. 옆면에 작게 숫자가 적혀 있더라. 이십오." 숫자 이십오? 하고 상대가 물었다. "응. 빨간 바탕에 흰 글씨로. 아까 말한 자막처럼." 카페가 단조롭고 따뜻해서 잠이 왔다. 패딩을 벗었다. 커피잔처럼 조심히 다루어 부스럭거리는 소리도 들리지 않았다. 같은 캐럴이 반복되고 있었다. "캐럴만 들리면 크리스마스 같아. 크리스마스 지났잖아. 그치?" 상대가 고개를 끄덕였다. "이십오는 무슨 뜻일까?" 다시 영화 얘기로 돌아왔다. 아, 맞다. 하며 벗어놓은 패딩 안주머니를 뒤졌다. "안 그래도 시디 가져왔거든. 보고 싶으면 봐."

건네준 시디에 여전히 25가 새겨져 있었다. 작고 두꺼운 글씨로 하얗게 쌓여 있었다. 상대가 케이스 뒷면을 살폈다. 소제목이 음악 트랙처럼 적혀 있었다. 제목 25, 소제목 세 가지. 오른쪽 하단에는 소제목보다 작게 보너스 트랙이라 적혀있었다. 재생만 누르면 돼, 나머지는 알아서… 하고 말했다.

다시 살펴봐도 감독의 이름은 찾을 수 없었다. 다식은 커피를 마저 들이켰다. 참 맛있는 커피였다. 나가는 길에 사장님께 여쭤보았다. "이게 어떤 원두라고 하셨죠?" 가게는 매우 조용했는데도 목소리가 잘 들리지 않았다. 어느새 캐럴이 끊겨 있었다. 네? 하고 되묻는 동시에 볼륨이 커져, 앞부분을 제대로 듣지 못했다. "……문이요." 쌀쌀맞다는 생각을 하며 문을 열고 나섰다. 밖에는 눈이 쌓여 있는 듯했다. 가로등 아래로 작은 송이들이 도드라져 보였다. 빛의 외곽은 캄캄하여 눈이 내리는지 알 수 없었다.

버스를 타려면 서둘러야 했다. 광주는 10시 반에 버스가 끊기기 시작해서 11시 반이면 지하철까지 온통 끊겼다. 우리는 눈에 발을 묻어가며 내리막을 내려갔다. 하염없이 걸어 어딘가에 도착했다. 사거리 횡단보도를 건너자 문화전당이 넓게 펼쳐졌다. 하늘마당에도 눈이 쌓여있는 것 같았다. 가로등 빛을 따라 바둑판처럼 보이기도 했다. 문득 영화를 보았을 때와 같은 기시감이 들었다. 고개를 드니 익숙한 건물이 보였다. 아마 문화 사업을 하는 건물이었던 것 같다. 옥상 간판에 빨간 바탕과 하얀 글씨가 보였다. 'CHANGE'. 무엇을 말하려는 것처럼 크게 반짝이고 있었다. 눈이 쌓인 것 같았다.

언젠가 저 간판을 보았던 기억이 떠올랐다. "전에는…… 초록에 파랑 줄무늬 바탕이었던 것 같은데." 상대가 나를 바라보았다. 가로등을 비켜서 있어서 얼굴이 어두웠다. 빛 아래로 송이들이 흘러내리는 것이 보였다. "그랬나?" 상대의 목소리가 크게 울렸다. 나는 한기를 느껴 패딩 주머니에 손을 집어넣었다. 안주머니에서 시디가 느껴졌다. "시디 안 가져갔네?" 상대는 여전히 내 쪽을 보고 있었다. 어깨에 눈이 쌓이고 있었다. 차고 빈 목소리가 귓가에 들렸다. "꿈이라는 걸 깨달으면 사람들이 다 멈춰서 나를 쳐다본대. 그런 괴담 알아?" 고개를 끄덕이자 상대가 어깨를 붙잡았다. 가로등 안으로 들어섰는데 얼굴이 보이지 않았다. 그제야 요즘 영화는 시디로 굽지 않는다는 게 생각났다. 아무도 이런 영화를 만들지 않는다는 것도. 상대에게 차근차근 물었다. "아까 마신 커피, 원두 이름이 뭐였지?" 상대가 어깨를 으쓱하며 밀쳤다. 레드 문. 그럼 오늘 몇 월 며칠이야? 12월 25일. 크리스마스 지났잖아. 우리 몇 살이지? 빨강으로 엮인 것들이었다. 기시감에 대해 완전히 깨달았을 때, 상대는 오도카니 서서 말했다. "25."

말이 터져 나왔다. 의도하지 않고 의지를 쓰지 않고 첫눈처럼 툭, 꾸물거리는 것을 뱉었다.

"이건 누가 꾸는 꿈이지?"

fade out

fin.

어떤 날

오타

말보다 그 사이에 있는 것이 궁금해서 귀를 열어둔
다. 그것을 모아서 언젠가 쓰고 싶다고 생각하며 오
늘도 출근한다.

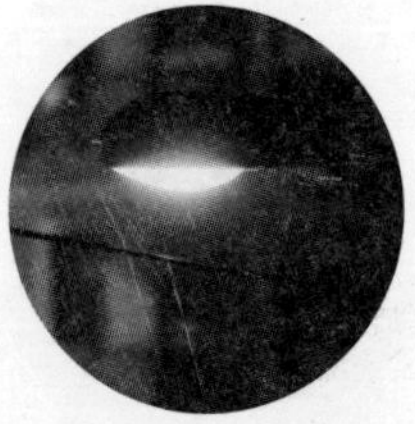

1.

전학 첫날, 나만 빼고 모두가 익숙한 세상에 불쑥 던져진 것 같다. 못 보던 얼굴의 등장에 관심이 쏟아졌다. 정면으로 나를 보는 아이들도 있지만 본 듯 안 본 듯 곁눈질로 보는 아이들도 있다. 선생님도 호기심 어린 눈빛으로 나를 살핀다. 순수한 호기심도 있지만 그 안에 경계심도 조금 있다. 눈빛을 받는 쪽이 되면 그걸 바로 알아차릴 수 있다. 하지만 내가 계속해서 고개를 푹 숙이고 어깨를 동그랗게 말고 있으면 호감이나 관심도 이내 줄어든다. 나는 그걸 알면서도 쉽게 눈을 마주칠 수가 없다. 일부러 먼저 쳐다보며 말을 거는 아이들 사이에서는 더욱 고개를 숙였다.

"야 있나, 김연우 너 서울에서 왔냐? 서울말 좀 해봐라."

"어? 서울말…… 그게 뭐야?"

"와하하… 이거 우리랑 완전히 달라."

몇몇 아이들은 일부러 어깨를 툭툭 치며 다가왔

다. 그럴수록 나는 더 구부정한 동그라미가 되었다. 수업 시작을 알리는 종소리가 겨우 나를 구원했다. 사회 시간이었다. 선생님은 조별 활동이 수행평가로 이어지니 같은 조원끼리는 잘 지내야 한다고 했다. 하지만 갑자기 나타난 전학생을 발견하고는 난감한 표정을 지었다. 어떻게든 나를 끼워 넣으려던 그때 한 아이가 손을 들고 말했다.

"여기요, 선생님. 저희 조는 3명이니까 들어올 수 있어요."

"그래도 너희는 벌써 조별 과제 주제도 정했는데 괜찮냐?"

"네!"

"전학생, 그럼 넌 이제부터 민지네 조원이다. 잘 지내봐라. 알겠지?"

조장의 이름은 민지라고 했다. 얼마 동안 나는 이름 대신 전학생으로 통했다. 민지는 먼저 말을 붙이기도 했고 사소한 것들을 챙겨주었다. 학교에서의 시간은 정신없이 흘러갔다.

*

서울에서 보낸 마지막 일요일 밤이었다. 엄마는 다음 주에 곧 이사할 테니까 짐 정리는 오늘부터 시작하라고 했다. 나는 쾅 소리가 나게 문을 닫고 방으로 들어와 버렸다. 중요한 일이라면 나에게 먼저 설명해 줄 거라고 기대했던 내가 바보 같아서 더 화가 났다. 배달 음식이 도착했다는 소리가 들렸다. 엄마와 민지 이모는 치킨과 생맥주를 두고 깔깔 웃는 것 같았다. 일부러 내가 좋아하는 맛으로 고르라고 했으면서 부르지도 않는다. 이 상황에 치킨이라니 기가 막혔다.

엄마는 자주 그런 식이었다. 아빠가 갑자기 사라졌을 때도 그랬고, 민지 이모가 우리 집에서 같이 살기 시작했을 때도 그랬다. 나한테 조금이라도 설명해 줬다면 좋았을 텐데. 내 생각은 어떠냐고 물어봤다면 좋았을 텐데 엄마는 바빠서 시간이 없었다고 핑계만 댔다. 엄마는 중요한 일을 일방적으로 통보하는 편이었다. 그러면서 얼른 대답을 못 하고 있을 때면 넌 남자애가 누굴 닮아서 성격이 그 모양이냐고 윽박지르는 것이 우리 엄마다. 그러면서 미안하다는 말은 왜 꼬리처럼 덧붙이는지 모르겠다.

이삿짐이라면 눈 감고도 쌀 수 있게 되었지만, 이번엔 달랐다. 고속버스를 타도 3시간 반은 걸리는 곳이었다. 친구들을 만나러 오고 싶어도 하루가 부족한 거리라니. 검색창에 그 도시의 이름을 입력하고 결과를 눈으로 훑어보면서 책상 위에 있던 사진 액자를 하나씩 정리했다.

3년을 살았던 집을 떠나며 구석구석 살펴보았다. 서운하기도 하고 후련한 것 같기도 하다. 중학교에 가서 급하게 자란 키에 맞추느라 책상과 의자도 바꿨다. 어린애 같다고 놀릴까 봐 엄마 모르게 내 키를 표시했던 눈금도 벽에 그대로 남아있다. 가구가 빠져나간 자리에는 그 흔적이 고스란히 있었다.

마지막으로 현관문을 닫고 우리는 차에 올랐다.

꾸벅꾸벅 졸다가 깨면서 낯선 풍경을 하나씩 지나쳤다. 고속도로를 빠져나와서 도시로 들어서자 어쩐지 어깨가 움츠러드는 것만 같았다. 집은 낮은 언덕에 있는 아파트였다. 엘리베이터도 없었다. 계단을 딛자 발소리가 텅텅 울려서 조금 무서웠지만 엄마에게는 내색하지 않았다. 엄마는 현관문을 열고 친구 소개하는 것처럼 오늘부터 이곳이 새로운 집이라고, 잘 지내자고 말했다. 너무 낡아서 이사한 기분도 들지 않았다. 베란다에서 보이는 동네는 작았다. 모든 것을 다시 시작해야만 한다는 생각에 쉽사리 잠이 오지 않았다.

*

학교가 끝나고 집으로 가는 버스에 탔다. 말없이 핸드폰만 보는 사람도 있고 이야기하는 사람들도 있었다. 할머니들이 배추와 파가 들어있는 파란 비닐 봉지를 앞에 두고 시끌벅적하게 목소리를 높였다.

"으허허허" 하는 웃음소리도 터져 나왔다. 그러자 한 아저씨가 "조용히 좀 갑시다. 근디 뭣이 그르케 재밌소?" 슬쩍 대화에 합류했다. 뒷자리에는 교복을 입은 몇 명이 욕을 섞어 가며 떠들었다. 영화에서 보던 사투리 같다고 생각했다. 나는 다시 무선 이어폰을 끼우고 창밖으로 시선을 옮겼다.

집으로 돌아와 현관문을 열었지만 아무도 없었다. 서울에서도 엄마와 저녁밥을 같이 먹는 날은 드물었다. 학교에서 있었던 일을 말하고 싶었지만, 엄마는 씻지도 못하고 쓰러져 잠드는 날이 많았다. 텅 빈 냉장고를 보니 배가 고팠다. 엄마가 식탁 위에 두고 간 카드를 챙겨서 집을 나섰다. 편의점에서 아무거나 사 올 생각이었다. 계단을 내려오다가, 오늘 아침 몸살 기운이 있다던 엄마가 생각났다. 먼 이사 후에 우리는 조금씩 지쳐 있었으니까. 엄마가 좋아할 만한 음식을 떠올리다가 마트에 들렀다. 채소와 정육 판매대를 둘러봤다. 내가 직접 만들 수 있는 음식은 라볶이나 군만두 정도다. 그걸로 몸살을 이겨낼 수 있을까?

손에 들었던 재료를 내려놓고 그냥 나와버렸다.

다시 집을 향해서 돌아가려는데 김치 그릇이며 고무장갑을 입구 바깥까지 늘어놓은 반찬 가게가 보였다. '민지네 반찬? 또 민지라고?' 속으로 혼잣말하며 가게 문을 열었다.

"어서 와요. 오메 어린 총각이 왔네?"

고무장갑을 끼고 김치를 버무리는 아주머니들 사이에서 유독 목소리가 큰 한 사람이 나를 보며 맞이했다. 사람들이 연달아 말을 걸자, 심부름하러 왔다고 대답을 얼버무리고 말았다. 진열대에서 엄마가 좋아할 만한 반찬으로 골랐다. 꽈리고추 멸치볶음, 연근조림을 골라서 들고, '오늘의 국은 육개장'이라고 써놓은 커다란 통 앞에서 멈췄다. 이거라면 몸살감기도 뚝 떨어질 것 같았다. 내가 직접 포장하면 되는지, 물어봐야 하는지 헷갈렸다. 쭈뼛거리며 아주머니들이 있는 곳으로 가서 '저기요' 하고 불렀다.

"육개장도 산다고? 잠깐만 기다려 봐, 학생. 민지야!" 큰 목소리는 안쪽을 향했고, 나타난 사람은 다

름 아닌 조장 민지였다. 나만큼이나 놀란 눈이 말했다. "전학생 김연우? 너 우리 동네 살아? 엄마 얘 우리 반 전학생이야. 서울에서 왔대." 사람들의 시선이 나에게 쏠렸다. 집이 어딘지, 어쩌다가 서울에서 광주까지 왔는지, 대답할 틈도 없이 쏟아지는 질문 사이로 민지네 엄마가 나섰다. 쓸데없는 것을 자꾸 묻는다며 민지에게 나를 데리고 가서 뭐라도 먹으라며 서둘러 보냈다.

민지가 데려간 곳은 반찬 가게 건물 2층이었다. 계단을 올라갈 때 음악 소리가 쿵쿵 울렸다. 현관문 안쪽에서 목이 늘어난 티셔츠에 무릎이 나온 파자마 차림의 아저씨가 나왔다. 민지는 눈을 흘기며 "아빠, 내가 옷 좀 잘 입고 있으라고 했잖아." 하고 아저씨를 나무랐다. "흐흐흐. 우리 딸, 아빠가 집에서 뭐 헌다고 차려입고 있다냐? 하여튼 지 아빠는 유난히 챙긴단 말이여." 그러고는 나를 가리키며 남자친구냐고 슬쩍 묻고는 눈을 반달 모양으로 만들며 웃음을 지었다.

"아니요, 저는…… 안녕하세요."까지 겨우 말했다. 그때 민지가 빠르게 설명했다. 그동안 나는 깊은숨을 후우 하고 뱉었다. 아저씨는 시간이 늦었으니 저녁을 먹고 가라고 붙잡았다. 집이 가깝다고, 괜찮다고 말해도 막무가내였다. 아저씨는 다시 반달 모양 눈으로 웃으며 잠깐이면 된단다. 민지는 텔레비전을 켜주며 소파에 앉아 있으라 말하고는 아저씨를 따라 들어갔다. 두 사람은 식사 준비를 하며 자주 웃었다. 웃음은 가릴 것도 숨길 것도 없이 투명했다. 나도 모르게 소파에 머리를 기대고 앉아서 그 소리에 귀를 기울였다. 이전 학교에서라면 상상도 못 했을 상황에 헛웃음이 났다. 같은 빈이라는 이유민으로 식사에 초대하는 어른도 없었지만 나도 선뜻 그러겠다고 하지는 않았을 테니까. 오늘은 조금 이상한 날이다.

아저씨가 앞서서 두 팔을 가득 벌려 밥상을 들고, 민지는 물과 컵을 쟁반에 받쳐 들고 뒤따라 나왔다. 영수증, 약 봉투 같은 잡동사니가 어지럽게 놓인 2인용 식탁에 반찬은 통째 그대로 놓고 먹는 것이 나에겐 집밥이었다. 온 식구가 모여서 먹는 일은 월드컵이나 프로야구 중계를 하는 날 뿐이었다. 그것도 방바닥에 봉지째 펼쳐서 치킨이나 족발을 배달시켰다. 아저씨네 밥상에는 처음 보는 음식이 많았다. 마름모 모양으로 은빛이 도는 생선과 불고기전골이 가운데 커다랗게 놓여 있었다. 네 가지 젓갈이 있고 김치도 여러 종류가 있었는데 내게 익숙한 거라고는 겹겹이 말아서 가운데 김을 넣어서 부친 계란말이가 전부였다.

"민지 친구야, 거시기 이름이 뭐드라? 아저씨 음식이 입에 맞을랑가는 모르겄다. 병치는 묵어봤어? 요것은 갓김치고 이것은 또…….” 아저씨가 젓가락을 들어서 처음 보는 음식을 집어 내 입으로 향했다. 우물쭈물하고 있을 때 어느새 음식이 쑥 들어왔다. 무생채처럼 보였는데 물컹한 것이 있었다. 낯선 느낌에 미간이 살짝 찌푸려졌지만 씹다 보니 고소하고 짠맛이 났다. "그것이 석화라고 한단다. 뭐인지 알어? 바다에서 나는 우유여 그것이. 여그서는 무하고 석화를 같이 무쳐서 먹으믄 겨우내 감기 한 번 안 걸린 단다.” 하며 웃었다. 아저씨의 말에 엄마의 몸살감기 때문에 여기까지 왔다는 생각이 그제야 스쳤지만 아 저씨네 밥상 앞에서 나는 어느새 밥을 두 그릇째 깨 끗하게 비우고 있었다.

2.

낡은 아파트 통로에 경쾌한 발걸음 소리가 울리다 가 우리 집 앞에서 멈춘다. 문밖에선 ‘연우야’ 나를 부르는 목소리가 먼저 들린다. 민지 이모는 날씨가 쌀쌀해졌다며 부산하게 들어와서 엄마부디 찾는다. 코트 안쪽에서 두툼한 붕어빵 봉투가 나왔다. 단팥 이 많이 든 부분을 찾으려면 붕어빵 한 마리를 들어 서 배부터 살피라고 이모가 알려주었다. 단팥은 별 로라고 했지만, 이모는 요즘 붕세권 사는 게 행운인 거 모르냐고 팥이 가득 든 것으로 골라주면서 웃었 다.

내게 민지 이모와 붕어빵은 하나로 연결되어 있다. 아빠가 사라진 겨울, 엄마는 웃지도 않고 먹지도 않고 잠도 안 잤다. 그 소식을 듣자마자 우리 집으로 달려와 오늘처럼 붕어빵 봉지를 꺼내서 쥐여주며, 냉장고를 반찬통으로 가득 채운 사람이 민지 이모였다. 민지 이모의 반짝거리는 눈빛이 만들어 내는 활기에 기대 엄마는 조금씩 먹기 시작했고 잠도 자기 시작했다. 마침 살던 곳의 계약이 끝나 새로운 집을 찾던 이모는 그렇게 우리 가족이 되었다.

엄마와 민지이모는 붕어빵을 앞에 놓고 수다에 정신이 팔렸었다. 붕어빵을 하나씩 들고 마주 보며 둘만 아는 비밀이 있는 것처럼 쿡쿡 웃었다. 갑자기 심통이 났다. 애꿎은 붕어빵을 찔러보다가 내려놓고 아예 핸드폰으로 시선을 고정했다. 민지 이모는 내가 핸드폰만 보는 게 수상하다고 새 학교에 벌써 여자 친구가 생겼냐고 물으며 눈을 가늘게 뜨며 내 옆구리를 쿡 찌른다. 나는 요즘 실종자 신고 메시지가 자주 오는데 오늘은 집 근처인 것 같다고 말을 돌렸다.

이모는 그런 것도 안 보냐고 괜히 쏘아붙이다가, 실종자란 말에 아차 싶어서 엄마 눈치를 살폈다. 메시지 사이에서 민지가 보낸 카톡을 발견했고, 바람 쐬러 다녀오겠다고 외투를 챙겨 나와버렸다.

민지네 반찬 가게가 배달 사이트에 입점했다. 배달 사이트 회사에서 나왔다는 영업사원은 요즘 잘 팔릴 만한 밀 키트 몇 가지를 추천했고, 젊은 고객에게 인기가 많다는 상품 정보도 알려주었다고 했다. 덕분에 민지네 가족은 모두가 바빠졌다. 1인 가구를 위한 반찬 세트, 혼밥러를 위한 엄마 밥상 같은 메뉴도 생겼다. 음식을 만들어서 한꺼번에 포장하려먼 손이 모자랐다. 민지네 아빠도 가게로 내려와서 주방에서 바쁘게 움직였다. 민지는 학교가 끝나면 교복을 입은 그대로 가게에서 포장을 하고 주문도 받았다. 민지네 세 가족은 반찬 가게를 위해 분주하게 서로를 도왔다. 한집에 살면서도 가족이 함께 뭔가 해본 적이 별로 없는 나에겐 그 모습이 어쩐지 낯설었다.

날씨가 추워지면서 직접 찾아오는 손님은 줄었지만 대신 배달 주문이 늘어났다. 민지네 아빠는 전을 부치다가 김치 양념을 섞었고, 대파와 무가 높이 쌓여있는 작업대에서 칼질을 하다가 다시 가스 불 앞으로 달려갔다. 정신이 없어 보였다. 민지네 엄마는 계속해서 울리는 주문 전화를 맡아 계산대 앞에 있으면서도 눈길은 가게 안을 두루두루 살피고 있었다. 입구로 들어서는 나를 발견하고 주방으로 손짓을 보낸다. 민지네 아빠가 "연우 왔냐아?" 하고 말끝을 길게 늘여 부르면 마음속에 있던 얼음 알갱이가 사르르 녹는 것 같았는데, 오늘은 아저씨도 아줌마도 너무 바빠 내게 인사할 틈도 없어 보였다.

온라인 배달 주문은 오토바이를 탄 아저씨들이 차례로 와서 가져갔다. 그렇지만 단골 주문이나 간단한 것은 민지가 직접 나서기도 했다. 그럴 땐 나도 손을 보탰다. 우리 엄마에겐 독서실에 간다고 둘러댔지만 말이다. 온라인 주문도 꽤 있었고, 제사 음식 세트 주문도 있었다. 배달 가방에 전과 나물 같은 음식이 팩에 담겨 차곡차곡 쌓였다. 오랜 단골의 부탁이라서 민지가 배달을 맡고 내가 돕기로 했다. 배달 가방을 들고 돌아서는 우리를 붙잡아 민지네 아저씨가 장조림 한 팩을 더 넣으며 차 조심하라고 몇 번이나 당부했다. 아저씨는 구부렸던 허리를 펴고 내게 왼쪽 눈을 찡긋해 보이며 웃었다.

하늘은 빠르게 어두워졌다. 배달 가방을 들고 있는 손이 시렸지만 내색하기는 싫었다. 길을 잘 찾는 민지가 앞서서 걸었다. 그럴 리 없는데 가방이 점점 무겁게 느껴졌다. 주머니에서 진동이 윙윙 울렸다. 잠깐 멈춰서 핸드폰을 열자, 노란 말풍선 몇 개와 실종 신고 메시지가 줄줄이 보였다. 민지 이모가 연달아 카톡을 보내 저녁밥 배달시켜서 먹을 건데 뭐 먹고 싶은지 알려달라고 했다. 늦게 오면 여자 친구 생긴 걸로 알고 엄마에게 이른다는 말도 덧붙였다. 이모는 내 답장을 기다리지도 않고, 벌써 엄마를 붙잡고 연우가 누굴 만나는 것 같다고 축하 파티를 열자고 호들갑스럽게 말하고 있겠지. 엄마 역시 내 말은 듣지도 않고 민지 이모 말을 듣고 놀라서 물어볼 것이다. 생각만으로도 머리가 지끈거려서 답장을 쓰기도 귀찮았다. 배달 마치면 곧바로 집으로 가야 할 것 같다.

"저기요! 괜찮으세요?" 민지가 다급하게 소리치며 달려갔다. 가로등 아래 머리카락이 희끗희끗한 사람이 울고 있었다. 옷은 얇았고 맨발에 하얀 굳은살이 다 드러나게 슬리퍼만 신고 있었다. 이런 날씨에 길에서 우는 어른이라니, 나도 모르게 긴장으로 온몸의 털이 바짝 서는 것 같았다. 머릿속이 텅 비어서 어떻게 해야 할지 모르겠고 어지러웠다. 이상한 사람은 아닌지, 무슨 일이 있었던 것은 아닌지 생각해 보려고 했지만 몸이 말을 듣지 않았다. 그러는 동안 그는 줄줄 흐르는 콧물을 손등으로 닦으며 계속해서 울고 있었다. 나는 두려워서 아무것도 할 수가 없었는데 민지는 먼저 손수건을 꺼내며 말을 걸었다. 집이 어디냐고, 혹시 다쳤냐고. 몇 번이나 물어봤지만 그 아저씨는 말을 잃어버린 것처럼 점점 더 서럽게 울기만 했다.

순간 오늘 몇 번이나 울렸던 실종자 신고 메시지가 떠올랐다. [키는 155센티미터 정도에 남색 점퍼를 입고 양말은 착용하지 않고 슬리퍼를 신었다] 까지 기억났다. 무심코 넘겨보며 왜 하필 맨발이었을까 잠시 궁금했었다. 내 앞에서 울고 있는 사람의 모습이 메시지의 인상착의와 겹쳐 보였다. 하지만 혹시 이상한 사람일지도 모르고, 실종자가 아닐지도 몰랐다. 사라진 사람을 집으로 돌려보내고 홀연히 사라지는 영웅들은 사람을 번쩍 안아서 날아오르던데. 나는… 나는 어떻게 하지? 짧은 순간에 생각이 복잡하게 뒤엉켜 흘렀다. 그러다가 지나오는 길에서 봤던 경찰서가 번뜩 떠올랐다. 영웅은 아니지만 경찰서에 아저씨를 데려다 줄 수는 있었다. 이제 내가 무슨 일을 할지 알 것 같았다. 아무것도 할 수 없이 얼어붙었던 마음을 떨치고 민지와 함께 아저씨를 일으켰다. 우리는 덜덜 떨고 있는 아저씨를 양쪽에서 부축하며 다시 되돌아 경찰서 쪽으로 향했다.

경찰서에서 몇 가지 절차를 빠르게 거쳐 아저씨의 집으로 연락을 취했다. 아저씨의 가족은 집에 없었다. 멀리 외곽으로 아저씨를 찾아 나선 탓에 보호자가 도착하려면 꽤 걸린다고 했다. 낯선 곳이 무서웠는지 아저씨는 더 크게 울었고 경찰서의 사람들은 성가신 기색이었다. 맨발로 서럽게 우는 아저씨를 혼자 두고 갈 수 없어 아저씨 곁에 자리를 잡았다. 기다리는 시간이 길어졌다. 경찰관 한 분이 집에서 걱정할 테니 연락을 넣어준다는 말에 고개를 끄덕였다.

얼마나 지났을까. 한 무리의 가족이 넋 나간 얼굴로 유리문을 열고 들어와 맨발 아저씨 앞에 주저앉았다. 뒤따라 하얗게 질린 우리 엄마와 민지 이모가, 민지네 아빠가 급하게 나타났다. 엄마는 내 이름을 부르며 울먹거렸다. 큰일이 생긴 줄 알았다면서 말을 다 맺지도 못했다. 엄마 눈에 굵은 눈물이 차올랐고 그 모습에 나도 울컥 눈물이 났다. 엄마는 경찰서, 실종이라는 말만으로도 놀라서 자초지종을 듣지도 않고 뛰어온 것이다. 무사하냐고, 다친 곳은 없냐고 몇 번이나 물었다. 내 어깨를 꽉 끌어안고 엄마는 미안하다는 말을 되풀이했다. 미안한 사람은 오히려 나였다. 본의 아니게 걱정할 상황을 만들어서 엄마를 울게 했으니까. 비밀을 만들어서 엄마를 속인 것 같았다. 별일 없었다고, 괜찮다고, 민지를 가리키며 나 친구도 있다고 조심스럽게 말했다.

엄마는 늘 바빠서 피곤하고 내 얘기가 궁금하지도 않고, 밥 먹는 시간도 없는 사람인 줄만 알았다. 나에게 관심도 없는 딱딱한 사람으로 여기고 한집에 살지만 언젠가부터 대화도 없이 지냈다. 지나온 시간이 꼬이고 겹쳐서 머릿속에 스쳐 갔다. 민지 이모가 엄마를 일으켜 의자에 앉게 도왔다. 엄마를 가운데 두고 민지 이모와 내가 양쪽에 동그랗게 모여 서로의 얼굴을 보았다. 마음을 돌려서 말하느라 괜히 다투지 않고 눈빛만으로 마음을 나눴던 적이 언제였을까. 낯간지러우면서도 새삼스러운 기분이 나쁘지 않았다. 민지 이모가 엄마의 등을 손으로 쓸어주며 걱정할 것 없다고 다독였다. 나도 말하고 싶었다. 엄마가 나를 걱정하게 해서 미안하다고, 그런데 엄마가 나를 이만큼 걱정하는 걸 알게 돼서 좋다고. 말하기엔 복잡하고 이상한 마음이었다.

실종자 아저씨네 가족이 아직 우리를 기다리고 있었다. 나와 민지에게 고맙다고 몇 번이나 고개를 숙여서 인사했다. 그들이 경찰서를 빠져나가자, 소란이 잠잠해졌다. 엄마는 아직 눈물을 닦으며 콧물을 훌쩍였지만 많이 진정한 것 같았다. 옆으로 고개를 돌리자 민지 아빠의 모습이 그제야 보였다. 표정에 걱정과 불안은 걷혔지만 민지의 손은 여전히 꽉 붙잡고 있었다. 눈이 마주쳤는데 "아저씨, 이마에…… 고춧가루요." 하며 웃음이 나왔다.

"오메, 내가 김치 담다가 얼마나 놀랐는지 몰라야." 능청스럽게 웃으며 옆에 있는 우리 엄마를 발견하고 인사를 건넸다. 그리고는 "연우 어머니, 많이 놀라셨지라? 식사도 못 했을 것인디 우리 집으로 가십시다." 하고 나를 처음 만났던 때처럼 아무렇지 않게 저녁밥을 권했다. 아저씨의 이마에도 옷소매에도 고춧가루가 그대로 묻어 있었다. 불쑥 튀어나온 짙은 사투리에 엄마도 나도 웃음이 터졌다. 경찰서 문을 열자 가로등 불빛 아래 무언가 가늘게 흩어지고 있었다. 아마도 첫눈인 것 같았다.

그냥 살만하다니까

임빵쓰

일상을 좋아하고 사람도 좋아하는 편이라 늘 일상 속 즐거운 이야기를 수집해서(적절히 거른 후) 들려주곤 합니다. 사실 싣지 못하는 이야기가 많아서 아쉽습니다.

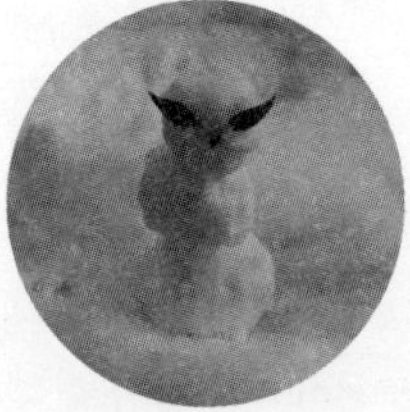

야, 있냐. 오해하지 말고 들어.

광주 나쁘지 않다. 여행 오는 건 반대하는데, 살 만하다고. 근데 굳이 나한테 어디가 재밌냐고 물어보는 건 아니지 않냐. 내가 몇 번을 말해? 광주 진짜 노잼이라고. 일단 약속해. 사람 사는 거 다 똑같잖아. 여기서 뭔가 대단한 걸 기대했다가 실망하지 말란 이야기야. 일단 맛집은 많으니까 그걸로 퉁 쳐. 여기는 일반 가정집도 맛집이지. 우리 집이 김치찌개 맛집이라고? 아, 너도 우리 엄마 김치찌개 맛있다는 소문 들었구나. 엄마 요리 잘했지. 잘했었다고. 우리 엄마 요리에서 손 뗀지 꽤 됐어. 저번 명절에 오랜만에 잡채 하셨는데, 히않더라고. 그치. 하얀데 맛있을 수 있지. 근데 아무 맛이 안 나면 안 되는 거잖아.

그래서, 어디 살고 싶은 건데. 여기? 충장로 어떠냐고? 좋지. 광주의 중심이지. 금색 건물? 저거 광주은행 본점이야.

1. 아무튼, 어른(광주은행)

아, 우리 엄마가 얼마나 현실적인지 아냐. 장난 아님. 뭐 때문이었는지는 모르겠는데 엄마랑 우리 집에 대해서 이야기를 한 적이 있어. 자가, 전세, 월세 뭐 이런 거 알아가던 중이었던 거 같은데 내가 우리 집이 큰 걸 알고 있었거든. 그때 우리 집이 엄마집이라는 것도. 자가에 큰 집이면 겁나 좋잖아. 엄마랑 같이 현관으로 들어서면서 확신을 가지고 물어봤지. 우리 집은 엄마 거예요? 그러니까 엄마가 그러더라. 지금 서 있는 이 현관만 엄마 거고 나머지는 광주은행 거라고. 어떻게 생각할진 모르겠는데, 난 그때 좀 어른이 된 거 같애.

여기서 문화전당 건너가면 동명동이야. 동명동 어떠냐고? 좀 외로울 수도 있는 게 여기는 온갖 유행은 제일 먼저 받아들이는 곳이다 보니까 소개팅 장소 1순위임. 나도 하쓰 거기서 처음 봤잖아.

2. (굳이) 동명동

내가 매스리한테 하쓰를 소개받았을 때, 진짜 그랬거든. 이X끼 얼굴만 보고 빚지는 거 1도 없이 깔끔하게 헤어진다.

얘나 나나 얼굴도 안 보고 소개받았는데 뭐 절절할 게 있겠어. 근데 얘가 연락이 너무 안 되는 거야. 처음 연락한 게 일요일이고, 만나기로 한 게(시간이 너무 안돼서) 금요일인데 그동안 연락하는 게 진짜 고역이었어. 뭔 말을 이어갈 수가 없는 시간의 공백과 침묵에 약간 열받은 상태였어. 아니 솔직히 말하면, 좋아하는 것도 아닌데 매달리고 있는 느낌이랄까. 그래서 중간에 연락 주고받고 하기 싫으시면 말해라. 마무리 잘 하자. 이렇게도 말했는데 그건 또 아니래. 그래서 두 번 정도 연락 끊으려다가 매스리가 한 번 만나나 보라고 해서 그날 검은 자켓에 빨간머리로 염색하고 아이라이너 관자놀이까지 그린 상태로 갔단 말이야. 나는 쌍촌동, 얘는 상무지구에 살고 있었고 얘네 회사는 첨단, 우리 회사는 쌍촌동이었지. 분명히 일요일쯤엔가 상무지구에서 보자고 했는데 애가 갑자기 동명동 코발트블루를 가자는 거야. 어디까지 하나 보자 하는 마음으로 알겠다고 했어. 근데 나는 어릴 때부터 버스 배차간격 20분 넘는 거 1대 다니는 곳에 살아서 약속시간보다 미리 가는 게 습관이란 말이야. 30분 전에 도착했는데 적당히 15분 전에 약속 장소 도착했다고 카톡을 했지. 그런데 애가 좀 늦는다더라고. 거기가 브런치카페라서 들어가서 음료 먼저 시키고 앉아있었지. 만나기로 한 게 7시였는데 7시 15분이 돼도 안 오는 거야. 그때가 또 여름이어서 야구 시즌이었거든? 그래서 야구 중계를 틀었어. 응원(겸 풍자와 해학의)댓글 보다 보니까 시간이 흐르는 걸 인지 못하고 있었는데, 한 회가 끝났지. 시간 봤는데 7시 50분 다 돼가더라고. 이게 지금 뭐하는 짓거리지? 하는데 전화 와서 보니까 애야. 자기 지금 들어왔대. 멀리서 뒷머리 좀 기른 남자애가 두리번대는 게 보여서 불렀거든. 근데 앉으면서 나보고 하는 말이 우와 손 진짜 크다 였어.

이 새끼 이거 총체적으로 어쩌지?

또 어디 궁금한데, 상무지구? 거기가 일자리는 제일 많아 사실. 거기서 일할 때는 별로 안 돌아다녔는데, 하쓰랑 만나면서 많이 돌아다녔지. 하쓰가 거기 살았다니까.

3. 내 남자 찜(상무지구 5.18 기념공원)

하쓰랑 두 번째 만난 날이었을 까. 처음 만났을 때 애가 내가 맘에 들었다는 거야. 근데 전혀 티를 안내서 몰랐지. 진짜 한 번만 더 만나보자. 하고 상무지구에서 밥 먹고 5.18기념공원에서 산책을 했어. 코스 딱! 알지? 근데 또 이게 잘 될라 그러니까 서로 너는 뭘 좋아하니, 나는 뭘 좋아한다. 이런 거 미주알고주알 알려주고 그렇잖아. 한참 선호도 조사 열심히 하다가 문득 그런 생각이 들더라고. 이게 너무 샤랄라 한 공주 스타일 좋아하는 친구면 내 스타일에 나중에 불만이 생길 수도 있겠다. 내가 좀 선머슴처럼 입고 다니거든. 치마를 입으면 옷을 덜 입은 기분이랄까. 이게 개인 취향인 거야. 그래서 먼저 말했지.

그… 내가 치마 같은 걸 안 입어. 오버핏 좋아하는 편이고. 그러고 애 처다보니까 지금은 알지만 그땐 처음 본 그 특유의 어리둥절한 표정 있어. 눈 땡그래져가지고 입 옹졸해져가지고 말하더라. 나도 치마 안 입는데. 애랑 만나야지 싶더라고.

　근데 또 니 직장이 상무지구다! 하면 쌍촌동 사는 것도 좋아. 상무지구 집값 장난 아니다. 쌍촌동은 또 빌라도 꽤 있어서 1,2년만 살아보기도 좋고.

4. 쌍촌동(집과 상무지구 어딘가)

나는 (생긴 거랑 다르게)술을 못 먹는데, 우리 오빠는 달라. 내가 쌍촌동에서 자취할 때, 오빠가 상무지구나 어디서 술 먹으면 꼭 우리 집으로 왔어. 망월동(원래 집)은 대리가 안 잡히거든. 택시비도 많이 나오는데 심지어 택시 기사님들이 겁나 불친절해. 나올 때 손님이 없잖아.

근데 문제는 오빠가 취할수록 비밀스러워진다는 거야. 집을 못 찾는데 데리러 가려고 해도 어딘지를 안 알려줘. 전화가 오길래 받았더니. 후… 하는 숨소리에서 벌써 알콜 냄새가 나더라고. 수화긴데. 그래서 물어봤지. 집으로 올 거냐고. 가야지… 하길래 언제쯤 오냐고 했더니 진짜… 어이가 없다… 하더라고. 뭐가? 오빠 지금 어디야? 했더니 모르겠대. 그러고 전화가 끊겨. 이거 다시 전화 안 할 수 있는 사람 있어? 일단 다시 전화를 했지. 받기는 해. 어디냐고 물어봤지. 한참을 말을 안 하는데, 거기다 대고 아니 내가 데리러는 가야 할 거 아니야… 주변에 보이는 거라도 말해줘… 하는데 아무 말도 안 해. 계속 어이가 없대. 그래서 뭐가 어이가 없는 건지라도 말해달랬더니, 그것마저 어이가 없대. 진짜 어이가 없더라고.

제발 보이는 건물 하나만 말해주면 안 되냐고 빌었더니 엔젤리너스가 보인대. 뭔가 길이 보이는 것 같은 기분이 들어서 조심스럽게 하나만 더 말해보라고 달랬거든. 세정아울렛도 보이냐고. 그런데 자기 위치를 들킬 것 같았는지 뭔지 귀신같이 파다닥 끊더라고. 진짜 겨울만 아니었어도 이렇게까지 술 취한 화농이한테 집착하지 않았어 나… 길에서 객사하고 그러면 나는 말년에 누구랑 부모님 이야기하냐고. 그래서 꾹 참고 다시 전화했지. 그때가 새벽 2시였어. 근데 전화가 안 되더라고. 전화 오면 튀어나가려고 옷 다 입고 기다리다 지쳐서 잠들었는데 누가 도어락 비밀번호를 눌러. 누구겠어. 화농이지. 욕이 목구멍 밖으로 자아 있는 애들처럼 막 주도적으로 막 튀어나오더라고. 그와중에 화농이 나보고 내려가서 택시비를 결제하래. 별걸 다 시키지 않냐 진짜. 열받는데 술 취한 진상 실어 오셨을 기사님 생각에 얼른 내려갔지. 근데 아저씨가 안 계시더라.

다시 집으로 갔는데 침대에 대각선으로 누워서 자고 있는 거 진짜 열받지 않냐. 아침에 일어나서 택시비 결제됐는지 확인해보라고 했거든? 근데 핸드폰을 잃어버려서 확인을 못해. 아침부터 지구대 가서 분실물 신고했잖아. 근데 핸드폰이 어떻게 나타나겠어. 계속 전화해서 그런지 나중에는 아주 꺼졌더라고. 그래서 그 담날에 화농이 그냥 새 폰 삼. 근데 미쳤던 건, 그다음 날 지구대에서 전화 옴. 핸드폰 찾아가라던데. 어이없는 건 이게 진짜 어이없지.

그건 그렇고 다른 데도 봐봐. 요즘 살기 핫한 데는 첨단이긴 해. 첨단 어떠냐고? 회사도 많아서 여기 자리 잡고 회사 알아봐도 돼.

5. 외로운 면접(첨단)

나 전에 첨단 저 구석진 데서 면접 본 적 있거든? 내가 완전 물경력이라서 같은 직종으로 다른 데 갈 때 진짜 자신이 없더라고. 근데 거기가 그 같은 직종으로 간 다른 곳이었어. 소란이가 거기 괜찮대서 이력서 넣긴 했는데, 막상 면접 잡히니까 좀 당황스럽긴 하더라고. 붙어도 문제긴 하겠다 했지. 내가 친오빠랑 살잖아. 면접날 오빠가 연차라고 집에서 넷플릭스 틀고 누워있더라고. 면접 준비할 때 좀 신경 쓰이긴 했는데 일단 정장 좀 갖춰 입고, 구두 오래 못 신으니까 맨발에 컨버스 신고 구두 챙겨 나왔어. 근데 시간계산 잘못한 거. 한 시간 빨리 나왔는데, 그거 알지? 맨발에 컨버스 신고 있으면 왠지 모를 찝찝함에 양말 신고 싶은 거. 편의점에 들어가서 양말을 사 신었는데 그게 신의 한 수였어. 내가 한 시간 동안 편의점, 카페, 공원 벤치 이렇게 돌아다니면서 구두를 잃어버렸거든. 약간 현타 오긴 했는데 그냥 택시 타고 회사로 갔어. 면접은 봐야 할 거 아니야. 구두 잃어버렸다고 면접 안 갈 거야? 집에 누워있는 화농이가 날 뭐라고 생각하겠어. 그래서 갔지. 근데 대박인 건 회사에 신발 벗고 들어가더라고. 게다가 면접장 들어가 보니까 단상 위에 책상을 올려놨는데 발 부분만 뚫려있어. 와, 나 진짜 페디를 했든 안 했든 처음 보는 면접관들 앞에서 발 자랑할 뻔한 거 아녀. 물론 발이 안 예쁘고 그런 건 아닌데, 여기가 발 자랑하는 데가 아니잖아.

일단 면접을 시작했는데, 면접자2:면접관5 였어. 생각보다 본격적이더라고; 1분 자기소개 다음에 질문이 이어지는데 난 물경력이고, 엄연히 말하면 직렬이 좀 다른 느낌이라 신입으로 지원했거든? 근데 다른 면접자 한 분이 모든 회사가 원한다는 경력 있는 신입인 거야. 디테일하게 말할 순 없지만, 진짜 좀 외로울 정도로 그 사람한테만 질문을 하더라고. 나한테는 추가 질문을 하나도 안 해. 너네 면접자가 앉은 의자에 등 대는 거 본 적 없지? 내가 해봤어. 나한테 놀랍도록 관심이 없으니 내가 등을 대든 말든 자기들끼리 되게 화기애애하더라고. 진짜 소외감 느낀 거 처음임. 그러다가 이제 마무리 질문 같은 거 하는데, 자기가 보는 본인의 성격과 남이 보는 본인의 성격에 대해서 이야기해 보라고 하더라고. 그분(당선 확실)은 남들은 조용하고 차분하다고 하는데, 자기는 좀 재밌는 편이래. 귀를 의심했지, 진짜. 진짜로 그런 스타일 아니었거든. 근데 면접관들이 그러더라고. 지금까지 한 번도 재밌질 않았는데 정말 그렇대요? 하고. 나도 솔직히 좀 그렇게 생각하긴 했는데, 웃기긴 하잖아. 면접 보는 동안 누가 웃길 생각을 하며, 웃길 일이 뭐가 있어. 그런 생각 하고 있다가 나는 그냥 그렇게 말했거든. 남들은 저를 외향적이라고 생각하는데 혼자 있을 때는 차분한 편이라고. 근데 나한테는 또 별말 안 해주더라고. 외롭다고 해서 더 외로워지지 않는 건 아니라는 걸 그때 안 것 같아. 그리고 다음 질문이 휴일에 집에 있을 때 에너지가 채워지냐, 아니면 나가서 누군가를 만나거나 활동하면서 에너지를 충전하냐 이런 거였어. 그때는 그냥 그 어떤 희망도 없었고, 집에 가서 화농이랑 넷플릭스 볼 생각뿐이었어. 면접 보면서 그 의자에 등 기대본 적 있어? 기대가 없으면 기대져. 그래서 그분 대답은 안 들었고, 나도 편한 자세만큼 편한 마음으로 말했지. 제가 그날 머리를 감았다면 나가는 게 힐링이고, 안 감았다면 집에 있는 게 힐링이라고. 그러니까 면접관이 또 그분한테 그러더라고. 저런 게 재밌는 거라고. 생각했지. 아, 나는 이번 면접 깔깔이구나.

면접 끝나고 나오면서 그분한테 말했어. 그쪽이 합격일 거라고. 그분도 면접 보는 동안 나랑 같은 생각을 했나봐. 예의상 하는 아니에요. 그쪽이 합격하실 것 같아요~. 하는 어떤 인사치레도 못하고 어색하게 웃으시더라고. 근데 이해해. 집에 와서 오빠한테 면접 썰 푸는데 다른데도 준비하고 있지? 하고 물어보더라고. 사실 안 하고 있었는데 그냥 당연하지! 했어. 근데 대박인 거 알려줄까? 그날 오후에 합격 전화 옴. 나랑 그분 둘 다 붙었어. 근데 출근했더니 그러더라고. 면접 때 인상 깊었다고. 대체, 대체 뭐가.

아, 일자리 말고 첨단 장점 더? 그냥 살기 좋아. 영화관 있지, 공원 있지, 다이소도 가깝지.

6. 다이소의 그녀(첨단)

처음 독립할 때 참새가 방앗간 들르듯이 본능적으로 찾게 되는 곳이 어딘지 알아? 바로 다이소야. 내가 오빠랑 집 근처 다이소를 하루에 3번째 갔을 때거든. 처음 갔을 때부터 1층 중앙에 화분이 있더라고. 조화 주제에 겁나 싱그러워. 근데 오빠도 그 생각을 했나 봐. 나한테 이거 생화 같다는겨. 근데 다이소가 아무리 저렴해도 자선단체는 아니잖아. 오빠한테 말했지. 다이소에서 생화 파는 건 아니지 않냐? 하고. 그런데 옆에 직원분이 갑자기 그러시더라고. 이거 생화 맞아요. 오빠랑 나랑 겁나 놀래서 잎만저봤단 말이야 촉촉~해. 그러니까 그 직원분이 설명을 더 해줬어. 요즘 다이소라고 허접한 거 팔고 안 그래요~ 근데 생화 화분은 이 다이소에만 있는데, 5천원이에요. 집에 화분 하나 놓으면 작아도 집 안이 훨씬 생기있어지는 거 알아요 몰라요. 생화인 거 안 김에 데려가세요. 하고. 근데 그거 알잖아 또. 막 독립하고 집 꾸미고 하다보면 또 식물 하나 쯤 욕

심나는 거. 오빠는 계산하러 갔고, 나는 좀 미련이 남더라고. 그래서 이거 다 5천 원이에요? 여기 있는 게 전부인 거죠? 하고 물어봤거든? 근데 그분이 그러시더라고. 나도 몰라요. 직원한테 물어봐야지? 진짜 한 1.5초 정도 정적이 흘렀어. 이거 실렌 거 맞지? 얼른 아, 직원분이 아니셨어요? 죄송합니다; 했지. 내가 너무 편협했다 싶다가 오빠한테 말했어. 아까 그분 다이소 직원 아니셨음. 하니까 놀라더라. 그니까 나 편협했던 거 아니고, 친절한 첨단 주민분을 만난 거지. 근데 이제 좀 침투력이 어마어마한.

아, 근데 니가 차 없이 다닌다면 또 첨단 사는 게 힘들 수는 있어. 북구 쪽도 괜찮아. 나 사는 데? 오치동이지. 오치동 살기 좋아. 지금 하쓰랑 살잖아.

7. (평범한) 오치동

하쓰랑 내가 반동거를 시작한 건 2년이 넘었어. 이게 진짜 대박인 거야. 사람들이 너무 자주 보면 질리지 않냐, 맨날 보면 만나서 할 게 없지 않냐, 근데 살아본 사람들은 알 거야. 하긴 뭘 해. 그냥 같은 공간에 있을 뿐 자기 할 일 하는 거지. 근데 없으면 허전하고. 그냥 그런 거야. 근데 나는 유난히 할 게 없는 날이 있거든. 얘는 퇴근하고 밥 먹고 게임하는 게 루틴인데, 난 내 루틴이 따로 없어가지고. 그래서 말했거든. 자기야 나 너무 심심해. 그러니까 얘가 그러더라고. 자기가 곧 토라질 확률이 높아졌구나! 내가 그랬지. 내가 맨날 토라지는 사람이니? 그러니까 그러더라고. 우리 자기는 토라지고 말았구나! 아, 얘 말투 왜 이렇게 열받지?

오치동 근처? 일곡동도 나쁘지 않지. 일곡동 어떠냐고? 여기는 영화관 빼곤 다 있어. 거주자들이 진짜 많지. 학원, 학교 많고 좀 큰 병원도 가까이 있고.

8. 보호자 없는 응급실(일곡동)

2022년 1월 초였을 거야. 그때 나주로 알바를 다녔었는데, 공공기관이라 그런지 식당 밥이 너무 맛있는 거야. 그날 메뉴에 감자채전이 있었는데 진짜 미미(美味)였어. 내가 또 요리를 못하진 않아서 집에서 놀다 싹까지 좀 난 감자로 저녁에 감자채전을 만들어야지 싶었지. 하쓰한테 카톡도 해놨어. '자기야 내가 오늘 감자채전 해줄겡'. 하쓰도 기대했지. '어머나 정말 자기야 난 벌써 설레버렸써'.

집에 오자마자 겉옷만 벗고(손은 씻고) 감자 껍질부터 벗겼어. 요고 딱 프라이팬에 세팅해놓고 약불위에 올려놓은 다음 옷 갈아입으면 될 것 같더라고. 껍질 다 벗기고 이제 채칼 밑에 보울을 세팅했어. 내가 그 먼 나주에서 돌아오면서 굳이 다이소를 들러서 채칼을 샀거든. 얼마나 감차재전에 진심이었는지 알겠지? 근데 일단 감자를 얇게 슬라이스했어. 알다시피 감자 모양이 일정하지가 않으니까 끝으로 갈수록 각 잡기가 힘들더라고. 근데 또 식재료 버리면 안 되잖아. 열심히 끝까지 밀었지. 근데 그게 내 약지 손가락까지 썰어갈 줄은 몰랐던 거야. 처음에는 아픈 게 아니라 사악- 하는 그 느낌이랑 같이 소름이 끼치더라고. 피가 손가락 안에서 퐁퐁 솟구치는 데 이건 너무 큰일이다 싶었지. 자기야. 나 피 나! 하고 부르니까 하쓰가 게임하다가 튀어왔어. 집에 대일밴드도 없고 구급용품이 하나도 없는 상황이라 피를 계속 흘리고 있었거든? 그러니까 얘가 일단 마스크를 가져와서 그걸 둘둘 말아주더라고. 근데 세상에 너무 아픈 거야. 그때부터는. 마스크도 피로 다 젖고 이게 멎을 기미가 안 보이는데, 하쓰가 그러더라고. 아니 잘잡고 하면 되지 어쩌다 그랬냐고. 얘가 아직 심각성을 모른 거지. 내가 덜 징징거려서 그랬나 봐. 시범까지 보여주더라고. 이렇게 하면 되지 않냐고. 감자 쥐고 채칼에 쓱쓱. 근데 그게 내가 알 바야 쓰레빠야. 병원 가야 하나 싶어서 유일한 간호사 친구 김나이팅게일한테 연락하는데 하쓰가 그러더라고. 자기야! 나도 썰렸어. 어떡해. 진짜 어떡하긴 뭘 어떡하냐….

그래서 우리가 나란히 손에 마스크 감고 일곡병원 응급실로 가게 된 거지. 천운이었던 게 그날 사람이 없어서 접수를 바로 할 수 있었거든? 내가 피가 많이 나서 손가락에 감은 마스크 밑으로도 피가 흐르고 있다 보니 누가 봐도 환자 같았어. 그래서 접수를 하고 응급실로 안내받는데 접수받은 분이 하쓰 보고 보호자 분은 뭘 하란 식으로 이야기를 했어. 그러니까 저도 환자입니다. 하더라고. 약간 머쓱해하시긴 했는데 접수 잘 받아주셨고, 응급실로 들어갔어. 안에 의사분들이 한 4분 계셨는데 환자가 없어서 다 널널하게 계시더라고. 네 분이 우르르 나한테 몰려와서 어떻게 다치셨어요? 감자채칼에 베였어요. 언제쯤 다치셨어요? 한 40분 전이요. 하고 있으니까 간호사 분이 또 하쓰한테 보호자분이세요? 하고 물어보는데 하쓰가 저도...! 저도 다쳤어요...! 하더라고. 서러웠나봐. 내쪽에 계시던 의사분 두 분이 하쓰한테 가서 또 물어보시더라고. 어떻게 다치셨어요? 감자채칼에 베였습니다. 언제쯤 다치셨어요? 35분 전

쯤이요. 손님이 없어서 의사 분들이 주변에서 웅성웅성 그러시더라고. 이 정도면 감자채칼이 흉긴데? 진짜 매사 조심해야 해. 하고. 별별 사람 다 보시겠지만, 약간 다들 모여서 우리 손가락만 보고 계시니 조금 쑥스럽더라고.

아, 하쓰는 손가락에 흉이 남았고, 나는 살점이 날아가서 약지 손가락 끝 쪽의 호가 좀 무너졌어. 생각보다 많이 썰려나갔더라고. 감자채칼 조심해 진짜.

아 시골 쪽도 생각 중이야? 그럼 나 살던 데도 괜찮지. 망월동. 거기 어떠냐고? 공기 좋고 산책할 곳도 많고 딱 좋아. 근데 이제 혼자 살면 외롭지.

9. 망월동(의 주인공)

우리 네 가족이 망월동에서 같이 살 때였어. 아버지 생신이었는데 저녁에 온 가족이 모여서 미역국이랑 케이크 놓고 조촐하게 파티를 시작했지, 엄마가 그러더시라고. 할 거면 확실하게 해야 한다고. 불도 끄고 노래도 하고 촬영도 하라고. 그래서 초에 불 붙이고 오빠는 불 끈 다음 핸드폰 들었고, 나는 재롱둥이 막내답게 생신 축하 노래 선창과 폭죽을 맡았지. 엄마가 또 그러시더라고. 노래 크게 하라고. 그래서 사랑하는 아버지~ 생신 축하합니다~. 하고 노래도 끝냈고 폭죽도 터뜨렸어. 동시에 진행해야 하는 게 뭐야 초에 불 끄는 거잖아. 근데 노래 끝나자마자 엄마가 초를 부시더라고. 오빠가 불을 켜줬으면 그렇게까지 정적이 길진 않았을 것 같은데 당황했나 불을 한 3초 있다 켜더라고. 엄마한테 물어봤지. 왜…그러신 거예요? 그러니까 그러시더라고. 어딜 가나 항상 주인공이라서 나도 모르게 그랬다고. 그니까, 알아. 이유 듣고도 모르겠는 거. 나도 오빠도 엄마랑

3n년 넘게 살고 있는데 아직 엄마를 온전히 이해하기가 좀 힘들어.

야, 이런저런 이야기 듣지 말고 여기저기 좀 살아보다 집 시세 맞춰서 정착해. 어디든 그냥 살만하다니까.

초판 1쇄 발행, 2023년 5월 18일
지은이, 김찬비 나나샌드 모래 오타 임빵쓰
길잡이, H씨 @bookshelf_h

펴낸곳, 파종모종
주소 61218 광주광역시 북구 우치로 13-1, 1층
이메일 pasonmoson@gmail.com
인스타그램 @pasonmoson
등록번호 2016년 2월 23일 제2017-21호

만든곳, 종로인쇄
주소 61488 광주광역시 동구 백서로125번길 7

표지, 디자이너스 칼라 209g/㎡
내지, 그린라이트 80g/㎡

ISBN, 979-11-973687-7-6 04810
세트, 979-11-973687-2-1 04810

limited-edition first printing   083 /300
₩10,000